일흔 살 스무 권, 서문과 발문

Seventy years, Twenty Books,
Preface and Epilogue

일흔 살 스무 권, 서문과 발문

ⓒ 배상환, 2024

초판 1쇄 발행 2024년 8월 14일

지은이   배상환
펴낸이   이기봉
편집   좋은땅 편집팀
펴낸곳   도서출판 좋은땅
주소   서울특별시 마포구 양화로12길 26 지월드빌딩 (서교동 395-7)
전화   02)374-8616~7
팩스   02)374-8614
이메일   gworldbook@naver.com
홈페이지   www.g-world.co.kr

ISBN   979-11-388-3432-2 (03810)

일흔 살 스무 권, 서문과 발문

배상환 (SANG BAE)

Seventy years, Twenty Books,
Preface and Epilogue

좋은땅

두 아들에게 전화로 "나 한 번 더 사고 치려고 한다"라고 했더니 한국과 미국에 있는 두 아들이 똑같이 "또 책 내세요?"라고 한다.

나의 사고는 책 내는 것이다. 적어도 우리 가족에게는 그렇다.

지금까지 살면서 많은 분으로부터 많은 빚을 졌다. 마음의 빚, 사랑의 빚. 특별히 글 빚을 많이 졌다. 나만큼 글 빚이 많은 사람도 드물 것이다.

내가 부실한 내용으로 책을 내도 정말 많은 분이 좋은 글을 써 주셨다. 그러므로 내 책은 언제나 본문보다 발문이 훌륭하다. 그 발문 하나하나에는 진정성 있는 격려와 함께 세상을 껴안는 따뜻한 사랑이 있다.

그동안 내게 써 준 발문들을 모아 그것을 중심으로 또 한 권의 책을 낸다.

나는 참 별나게 산다. 시가 좋으면 시를 쓰고, 음악이 좋으면 음악을 하고, 연극이 좋으면 연극을 하고, 가르치는 일이 좋으면 열심히 가르치면 될 텐데, 하나에 집중하지 못하고 이것저것 여기저기 분주하게 뛰어다니고 있다. 참 피곤한 인생이다. 그러나 나를 염려해 주시는 분들

께는 미안하지만 나는 지금 너무너무 행복하다.

이번에《일흔 살 스무 권, 서문과 발문(Seventy Years, Twenty Books, Preface and Epilogue)》을 출간한다. 이번 책을 포함하여 지금까지 내가 쓴 시집 6권, 칼럼집 6권, 산문집 5권, 곡집 3권에 수록된 서문과 발문 모음집이다.

1988년 초, 오규원 시인의 전화 한 통은 내 인생을 완전히 바꿔 놓았다.

"배 선생이 내게 보여 준 글들로 내가 시집을 내주고 싶은데 어떻게 생각하느냐?"

그 시집은 또 다른 시집을 낳고, 또 다른 시집은 산문집을 낳고, 산문집은 칼럼집을 낳고 작곡집을 낳고… 오늘 스무 번째 책을 낳는다.

나는 살면서 누군가에게 이런 전화를 몇 번이나 했을까? 이 또한 삶의 큰 빚이다.

스무 권에 수록된 서문과 발문을 하나로 묶어 놓고 보니 이제 알겠다. 글이 곧 사람이요, 사랑이다.

나이 칠십이 되니 돌아가신 부모님이 더욱 그립다.

어머니 생각만 하면 눈물이 난다.

내가 사랑하는 모든 이에게 이 책을 바친다.

이천이십사년 팔월 라스베가스에서 배상환

노대준 · 버지니아, 캐피탈커뮤니티장로교회 담임목사

1.

나는 배상환 선생이 서울에서 교회찬양대를 지도할 때, 찬양대원으로 노래하던 청년이었던 인연으로 이 글을 쓰게 되었다. 이 책에 소개된 칸타타 〈십자가로부터〉의 초연에 함께했던 영광을 누렸다. 선생은 막 30대에 접어들었던 때였고, 함께 찬양대에서 노래하던 나와 친구들은 대학생이던 시절이었다.

당시 정치적으로 우울했던 시절, 교회찬양대 활동은 우리가 가질 수 있었던 몇 안 되던 행복이었다. 예배에서의 찬양도 좋았지만, 주일 오후의 찬양대 연습과 그 후의 '단합활동'이 우리에게 참 즐겁고 소중한 시간이었다. 그때는 선생이 방학동에서 살던 시기였고, 우리는 선생님들이 제일 좋아한다던 동네 방학동에 있던 선생의 아파트를 자주 방문했다. 단합활동을 친구들과만 가졌던 것이 아니고, 지휘자 선생과 함께 가졌던 것이 아직까지 문득문득 미소 짓게 하는 좋은 추억이 되었다. 그 후 군 복무를 해야 했고, 곧이어 유학을 떠나오게 되면서 유감스럽게도 단합활동이 지속되지 못했고, 그 이후 대면해서 만난 것은 단

한 번이지만, 아직도 우리는 반갑게 연락을 주고받으며 지내고 있다.

십여 년 전 가족과 함께 라스베가스를 방문할 기회가 있어, 무턱대고 한 한국식당에 찾아가 "배상환 선생을 찾는데 아느냐?"고 물었더니, 얼른 전화번호를 주어 선생의 사업처를 찾을 수 있었던 것도 흥분되는 일이었다. 20여 년 만의 만남이었고, 더욱이 라스베가스에서 이름만 갖고 배상환 선생을 찾을 수 있을지에 대해 나는 전혀 몰랐다. 그때 선생 부부로부터 받았던 친절과 사랑에 대해 아직도 빚진 심정을 갖고 있다. 우리가 청년 시절이었을 때부터 언제나 미소로 좋은 음식을 준비하고 환대해 마지않던 선생의 부인 김혜영 권사의 존재가 또한 고맙다.

2.

우리의 젊은 시절, 나는 배상환 선생이 이렇게 될 줄 몰랐다. 남다른 면이 있긴 했으되, 이렇게까지 심하게 다를 줄 몰랐다. 한 분야에 정통한 사람을 전문가라 부르며 인정하는 사회에 살면서, 선생은 오히려 방대한 관심사를 추구할 뿐 아니라, 아직도 미완성이라는 듯 여전히 왕성하게 활동 영역을 넓혀 가는 데 대해 놀라움을 금치 못한다. 시, 산문, 평론, 연극배우, 작곡, 합창 지휘, 신문 편집, 일반인을 대상으로 하는 문화 활동 등 눈에 닿는 모든 일들이 그의 관심사인 듯하다. 이번에는 스무 번째 책을 펴내고 있다. 스무 번째 책이다.

이렇게 왕성한 창작활동을 가능케 한 에너지는 어디에서 생겨나는 가? 그는 기존의 틀에 짜인 형식에 의문을 제기하고 새로운 길을 모색 하고자 하는 발상의 전환에 특출하다. 직관적 통찰에 능통하여, 범상 한 사물을 통해서도 새로운 인식을 자유자재로 발전시킨다. "Why?" 혹 은 "Why not?"을 물으며 옳은 답을 추구한다. 〈개근상의 추억〉이라는 글에서 배상환 선생은 제자들에게 이렇게 도전한다.

> 얘들아, 너희들 어머니 생신날 하루 학교 결석하고 어머니와
> 데이트를 즐겨라. 그날 아침만은 어머니 늦게 일어나시게 해
> 드리고 천천히 아침밥 먹고 어머니와 남대문 시장에 나가 시
> 장 구경도 하고… 그렇게 하루를 지낸다면 학교에서 지내는
> 것보다 훨씬 유익하고 행복한 하루가 될 것이다. 제발 한번
> 시도해 봐라.

학생들에게 개근이 최상의 가치인 양 강요하던 분위기에서, 선생은 제자들에게 어머니 생일 같은 날에는 어머니에게 우선순위를 두고, 어 머니와 행복한 시간을 만들어 보라고 도전한다. 개근보다 어머니가 더 중요하지 않은가! 정말 중요한 것을 통찰할 수 있는 능력을 가졌고, 이 런 시각을 가지고 사물을 관찰하니, 눈길이 닿는 모든 곳에, 전공의 영 역을 뛰어넘는 문제의식이 주체할 수 없이 솟아나는 것이다.

그러나 이런 문제의식은 냉정한 자기 성찰의 과정을 먼저 거치기 때문에 정당성을 가질 수 있다. 생각 없이 돌아가는 선풍기를 통해서조차 자신의 부끄러움을 돌아보게 되는 민감성을 배상환 선생은 갖고 있다. 나는 "노"라고 하지 못하는데, 선풍기는 당당하게 "노"라고 쉽게 표현한다. 살면서 직면하게 되는 고통스러운 상황에서 비겁했던 자신에 대한 성찰을 거치면서 우리는 성숙해 간다.

옳지 않은 일에 대해 손을 좌우로 흔들며 "노"라고 말하지 못하고 비굴하게 집으로 돌아와 열 오른 얼굴을 식히기 위해 선풍기를 틀었는데, 그런데 이 선풍기가 나를 노려보며 머리를 좌우로 흔들고 있습니다. "노" "노"라고 말하는 듯합니다. 내가 그렇게도 못했던 "노"를 선풍기는 너무 쉽게 합니다. 선풍기는 밤새 고개를 좌우로 흔들며 무언의 "노" "노"를 계속합니다. 나는 살면서 과연 몇 번이나 저 선풍기처럼 고개를 좌우로 흔들며 당당하게 "노"라고 대답했을까? 나를 돌아봅니다. 선풍기 앞에서는 늘 부끄럽습니다.

― 〈선풍기〉 중에서

3.

배상환 선생의 작품활동을 관통하는 가장 근본적인 주제가 있다면,

그것은 '사랑'이라고 정리할 수 있다. 배상환 선생의 시 〈비보호 사랑〉
을 소개한다.

  당신께 다가가기 위해

  기다리고 있습니다

  당신 앞에 너무나도 자신만만하게

  쌩쌩 달려 나가는 사람들을 보면

  솔직히 그들의 용기에 기가 죽습니다

  그러나

  급히 다가가지 않는다고

  사랑이 식었다고는 생각지 마십시오

  당신은 내게 너무나도 소중한 사람이기에

  서둘러 다가가지 않습니다

  모든 것이 정지되었을 때

  내 당신께 다가가렵니다

  가장 아름다운 당신이기에

  가장 깨끗한 맑은 사랑을 바치렵니다

  이제 곧

  기다렸던 것만큼

  참았던 것만큼

  더 큰 사랑을 가지고

일흔 살 스무 권, 서문과 발문

당신께 다가갈 것입니다

시인이 가진 사랑은 섣불리, 남과 경쟁하며 조급하게 불쑥 내미는 미숙한 사랑이 아니라, 내면에서 갈고 닦으며 기다리고 참았다가 드려질 가장 깨끗하고 맑은 사랑이다. 목사인 나의 눈에는 하나님에 대한 시인의 사랑고백으로 보인다. 이 사랑은 자신만만한 사랑이 아니고 오랫동안 견디고 기다린 결과 겸손과 성실로 숙성된 큰 사랑이다. 오랜 시간 동안 조금씩 조금씩 진전되어 견고하게 세워진 사랑이다.

그러고 보니, 과거 찬양대 단합활동팀에서 경험했던 그 일들이, 과외한다고 책망받던 학생에 대한 선생의 감회가, 부모님에 대한 간절한 그리움이, 가족에 대한 사랑이, 라스베가스 사람들에 대한 선생의 열정이… 다 이해되기 시작한다. 하나님을 향한 사랑이 이 모든 사랑으로 표현되는 것이다. 이 사랑이 모든 섬김에 대한 진실한 동기였던 것이다. 제자의 인격적 성장을 추구하다 보니, 함께하는 이들의 유익을 생각하다 보니, 사회가 더 평화롭고 살 만한 삶의 현장이 되기를 생각하다 보니 그렇게 되는 것이다. 그러니 그가 이렇게 왕성하게 집필하고 지휘하고 활동하는 것이다. 그래서 그의 주변이 항상 따뜻해진다. 굳이 힘써 말하지 않아도 그렇게 되는 것은 그가 가진 사랑의 힘 때문이다.

차
례

제1부   시집

제 II 부　컬럼집

제Ⅲ부   산문집

제IV부   곡집

제 I 부

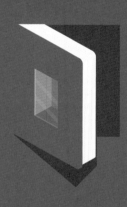

시
집

1. 학교는 오늘도 안녕하다

- 시집, 나남출판사, 1988. 3. 5.

서문

벗어 놓고
부끄럽다고 말하는 것은
타고난 뻔뻔스러움인가?

사랑하는 이들에게
이 첫 시집을 바친다.

1988. 3.
배상환

교직생활과 쓸쓸한 힘주기

오규원 · 시인, 서울예전 교수

내가 재직하고 있는 서울예술전문대학에서는 매년 여름방학 '동랑 아카데미'라는 프로그램을 개최한다. 전국 중고등학교에서 예능과목을 담당하고 있는 교사를 대상으로 하는 실기연수 강좌가 그것이다. 서울의 어느 중학교에서 음악을 가르친다는 30대 초반의 배상환 씨를 만난 곳도 2년 전 그 강좌에서였다. 그가 동료 국어 교사를 따라와 함께 문예창작 강좌에 등록했던 것이다.

그가, 작년 어느 날, 70편가량의 시를 들고 나를 찾아왔다. 한 권의 시집 분량이 되고도 남는 원고를 읽으면서 나는, 몇몇 기성 시인들의 어투가 스며 있긴 하지만, 그의 길들여지지 않은 감수성이 아직도 우리에게 많이 감추어진 교육 현장을 생생하게 보여 주고 있어, 그 원고 가운데 50여 편을 나남 출판사에 넘겨주었다. 그 원고가 바로 이 시집이다.

배상환 씨의 작품들이 어떤 공간에 놓여 있는지 한 편의 시를 고찰해 보자. 좀 길지만, 전문을 그대로 인용한다.

과외를 하다가 친구의 고자질로 불려온 놈이

엉엉 소리 내며 막 울고 있다

울다가 말하고 또 울다가 말하는데

그것은 계속해서 잘못했다는 것이다

뭘 그렇게도 잘못했느냐니까

과외를 해서 잘못했단다

왜 과외를 했느냐고 물으니

영, 수, 기초가 약해서 했단다

과외가 왜 나쁘냐고 물으니

말도 못 하고 계속 운다

마치 울고 있는 자신이

서러워서 우는 것같이 보인다

과외가 나쁜 이유를 말해줘야겠는데

도무지 아무 말도 할 수 없다

과외가 국가 경제에 미치는 영향을

생각해 봤니?

학생들은 똑같은 조건으로 공부하며

경쟁해야 되는 거야

대학생들이 돈이 있으면 엉뚱한 생각을 하게 돼

난 나의 가족을 위하여

문교부 지시에 충실할 수밖에 없어
넌 선생님 말씀을 안 듣는 나쁜 놈!
너희 부모님은 매달 발송되는
과외 금지 가정통신문도 안 읽어 보시냐?
너의 아빠는 이제 많은 세금을 내셔야 해
이 새끼야!
x 잡고 반성해
……

다행히 과외가 왜 나쁘냐고
되묻지 않은 학생이 고마웠다

학생은 과외를 해야 하고
공무원은 부수입이 없으면 죽겠다고
택시 운전사는 합승을 못 해 죽겠다고
호스티스는 두 테이블을 동시에 뛰어다녀야
살겠다고 야단이니
도대체 뛰지 않는 놈은 누구인가
뛰지 않아도 살 수 있는 놈은 누구인가

정량 미달의 인간들

눈알이 빨갛도록 울고 있는

아이를 보니 콧등이 시큰하다

얘야, 세수하고

교실에 들어가 공부해

- 〈B선생 1〉 전문

　이 작품도 이 시집의 대부분을 차지하는 얄궂은 교육의 현장이 그대
로 드러나 있다. 첫 연은 과외를 하다가 "친구의 고자질"로 불려온 아이
와의 대화로부터 시작된다.

　이 작품을 보아서 알겠지만, 그 시적 언술이 널리 쓰이는 서정주의
의 잘 절제되고 선택된 언어의 그것과는 전혀 다른 측면을 드러낸다.
이 작품은 80년대에 와서 번지고 있는 산문적인 경사 속에 있다. 이러
한 산문적인 어투가 읽을 수 있는 요인은 그 산문적 언술의 구조를 토
막 내고(이 토막 내기가 설명적 서술의 논리성을 파괴하고 시적 정황
의 하나하나로 바꾸어 놓는다), 그 토막토막은 그 나름의 독특한 리듬
을 발생시키기 때문이다. 이 거친 리듬 속에는 산업사회에 사는 현대
인의 일상적 어투의 리듬이 그대로 담겨 있는데, 그 어투의 특징은 경
박성이다. 그러나 이 경박성은 솔직성을 담보로 하고 있으므로 리얼리
티를 획득한다.

a) 과외를 하다가 친구의 고자질로 불려온 놈이 엉엉 소리 내며 막

　울고 있다

b) 울다가 말하고 또 울다가 말하는데

　그것은 계속해서 잘못했다는 것이다

c) 뭘 그렇게도 잘못했느냐니까 과외를 해서 잘못했단다

d) 왜 과외를 했느냐고 물으니 영, 수, 기초가 약해서 했단다

　a, b, c, d는 산문적 구조의 단위 정황들인데, 이 단위 정황들이 산문으로 구조화되는 대신 토막져 있다. 이 토막진 사고와 빈번한 반복, 비속하고 거친 말투(상점 부분)가 바로 솔직성을 담보로 가장 잘 정련된 언어라는 시의 세계를 파괴한다. 그 대신 얻는 것은 현장성이다. 3연에서 보여 주는 바와 같이, 앞뒤가 맞지 않은 말을 함부로 나열했음에도 불구하고, 우리는 그런 표현 속에 있는 다른 한 진실성을 감지한다. 비논리적으로 드러나는 이 경박성이 바로 현실을 그대로 보여 주고자 하는 솔직성의 방법적 언술이라는 것을 우리가 알기 때문이다.

　그러나 그 세계는 감각적 깊이의 세계가 아니라 솔직성의 정도에 따라 그 충격의 파장이 달라지는 고발의 세계이다. 이 시집의 작품들이 학교사회라는 특수한 집단에 대한 고발의 성향을 내보이고 있는 것도 그 때문이다. 그렇지만 배상환 씨의 시는 고발 그 자체를 향하고 있지는 않다.

과외가 나쁜 이유를 말해줘야겠는데
도무지 아무 말도 할 수가 없다

                                             - 2연

다행히 과외가 왜 나쁘냐고
되묻지 않은 학생이 고마웠다

                                             - 4연

눈알이 빨갛도록 울고 있는
아이를 보니 콧등이 시큰하다

                                             - 7연

   인용을 보아 알 수 있듯, 그의 현장 보고는 위와 같은 사랑에 둘러싸여 있다. 이 사랑이, 이 길들여지거나 모가 지지 않은 사랑이 그의 시를 읽는 우리를 따뜻하게 한다.

금강휴게소
봄나들이 나오신 아주머니
속옷 보이시며 쪼그리고 앉아
웃고 계신다

어머니

내 어머닌 저렇게
앉지를 못하신다
종로 5가 보령약국에서
사다 부쳐 드린 약은
효험이 없으시다며
절반도 안 잡수시고
3년 전 어느 신학대학생에게 맞은
금침을 그리워하신다

– 〈어머니〉 제 1~3연

봄나들이 나온 아주머니가 속옷을 보이며 쪼그리고 앉아 웃는 모습을 표현한 대목을 보면, 그가 밖으로 보기에는 어떻든, 삶을 어떻게 껴안고 있는가를 유감없이 보여 준다.

마음대로 앉을 수조차 없는 사람들에게는 속옷을 보이며 쪼그리고 앉아 있는 사람이 한편으로는 우스우면서도 다른 한편으로는 얼마나 행복한 순간으로 보이겠는가! 그러므로 이 시구는 희극적이면서도 비극적이다. 희극적인 것은 앉은 모습이고, 비극적인 것은 그럴 수조차 없는 어머니가 그것과 대치하고 있기 때문이다.

비극을 희극으로 감싸는 이것은 유머 정신의 일면이다. 유머의 정신

일혼 살 스무 권, 서문과 발문

은 현실의 모습을 대립으로서가 아니라 화해로 제거하고자 하는 데 있기 때문이다. 이러한 그의 정신은 이 시집 곳곳에 스며 있다.

위의 인용에서 어머니가 약국에서 사다 준 약은 마다하고 "3년 전 어느 신학대학생에게 맞은 금침을 그리워"한다는 표현도 마찬가지다. 우연히 효과를 본 신학대학생의 금침을 그리워하는 어머니를 그는 "그리워하신다"고만 적고 있다. 그 말속에는 어머니의 사고가 뿌리가 없다고 하더라도 그것을 웃으며 수용하는 따뜻한 심리적 공간을 그가 가지고 있음을 시사한다. 이러한 그의 정신이 아래와 같은 시를 낳게 한다.

있는 놈도
없는 놈도
모두 힘을 준다
없는 놈이 오히려
더 힘을 준다

있는 몸의 것은 기름기가 있어
쉽게 잘 빠져나오지만
없는 놈의 것은 거칠게
조금씩 조금씩 빠져나온다

(……)

없는 놈은 오늘도

벽을 노려보며

쓸쓸히 힘을 준다

- 〈똥 1〉 전문

　"있는 놈의 것"은 기름기가 있고, "없는 놈의 것"은 그것이 없어 없는 놈이 더 힘을 준다는 이 해학적인 시적 표현은 단순히 웃겨 보고자 하는 그 이상의 것이다. 그의 유머가 현실을 나름대로 껴안으려는 사랑인 만큼, 그 사랑 속에는 고통과 외로움이 있을 수밖에 없다. 그러한 사랑과 외로움은 "벽을 노려보며 쓸쓸히 힘을 준다"는 그의 시구 속에 잘 드러나 있다.

　이 '쓸쓸한 힘주기'는, 그러나, 그의 길들여지지 않은 사랑으로 힘을 발한다. 그가 삶의 대부분을 보내는 곳이 학교이므로, 그의 시 속의 학교는 모순과 갈등을 따뜻하게 싸안는 삶의 현장으로 다가온다. 보라, 그는 이렇게 쓰고 있다.

아이들에게

환경미화 심사 준비를 시켰는데

세계지도 밑에 빨강색 매직펜으로

WELCOME TO KOREA

라고 적혀 있다

뭐냐니까
연구주임 선생님이 생활영어를 하나씩
게시해야 한다고 했단다

도대체
그 많은 단어 중에
WELCOME TO KOREA
어서 옵쇼 어서 옵쇼 한국에…

며칠 전, 가출한 한 학생이
강남 스탠드 빠에서
웨이터로 일하는 것을
데리고 왔었지만,

우리의 아이들은
어서 옵쇼만 익혀 두면
입에 풀칠을
할 수 있다는 것인가?

혹
이런 말들을 익혀 둘 필요는

없을까?

뉴욕의 뒷골목은
참 지저분하네요
저 이탈리아 아가씨는
허리가 너무 굵어요
모스크바에서 제일 큰
술집은 어디 있어요?
카스트로,
당신 언제 수염 깎을 거야?

- 〈WELCOME TO KOREA〉 전문

나는 그의 사랑을 믿고 싶어서 이 글을 쓰고 있다.

2. 학교는 오늘도 안녕하다 · 2

- 시집, 나남출판사, 1990. 6. 15.

서문

첫 시집 《학교는 오늘도 안녕하다》를 내놓은 지 2년이 조금 더 지났
다. 시집을 내었으니 시인이라는 사람도 있고, 정식 등단 절차를 거치
지 않았으니 시인이 아니라는 사람도 있고, 그 글이 시가 된다는 사람
도 있고 시가 되지 않는다는 사람도 있고, 시가 웃긴다는 사람도 있고
읽으면 울고 싶다는 사람도 있다. 하여튼 주위에 관심 어린 얘기가 많
이 있었지만 그것은 모두 나와는 상관없는 것이었다. 내 손을 빠져나
가 활자화된 글들은 이미 내 것이 아니며 나 자신도 한 사람의 독자에
불과하기 때문이다.

어린아이들이 소꿉장난을 한다. 아빠가 되고 엄마가 되고, 땅바닥에
줄을 그어 방과 마루와 부엌을 구분하고 그 속에서 왔다 갔다 하며 재
미있게 논다. 아름다운 삶이란 이렇게 재미있게 노는 것이 아닐까?

훌륭한 언어는 관념이 아닌 일상의 것으로 생각한다. 방과 마루 사이
에 그어진 줄이 비뚤어져도 괜찮고 손으로 모래를 쌓아 만든 뒷산에 푸
른 나무 대신 젓가락 하나 꽂혀 있어도 괜찮고, 감정에 이끌리어 내 맘
대로 부르는 노랫소리. 이런 것이야말로 귀하고 아름다운 것이 아닐

까? 예술이라는 것이 이러한 것의 모방이 아닐까?

가만히 앉아서 말로만 하는 놀이는 재미없다. 말없이 동작으로만 하는 놀이도 재미없다. 노래만 하고 그림만 그리는 소꿉놀이도 물론 재미없다.

이렇듯 우리의 예술도 장르를 두루 넘나들며 얽혀야 자신이 하는 작업에 대한 참맛을 보다 철저하게 느낄 수 있지 않을까?

삶은 종합예술이다. 아직도 우리 주위에 음악가가 시집을 낸 것을 의아하게 생각하는 의아한 사람들이 많다는 점에 나는 놀랐다. 나는 이 시집의 원고를 출판사로 넘기는 날, 그 순간부터 새로운 뮤지컬을 만들 계획을 세우고 있다. 내용을 밝힐 순 없지만 진짜로 재미있을 것 같아 혼자서 생각만 해도 웃음이 저절로 나온다.

내가 사는 것을 곰곰이 생각해 보면 제멋대로다. 갈팡질팡이다. 유난히 싸돌아다니기 좋아하는 나에게 어머니는 집 밖에 나가면 고생이라고 종종 말씀하셨다. 음악 하는 놈이 글 쓰는 일에 뛰어들어 나도 사실 고생이 참 많다.

쉰아홉 편이 묶어져 있는 이번 시집은 몇 편의 작품을 제외하고는 첫 시집 이후에 쓰인 것들이다.

해설을 써주신 춤꾼 이윤택 씨에게 좋은 클라리넷 소리로 빚 갚을 기회가 있었으면 좋겠고 두 번씩이나 수고한 나남출판사의 모든 식구에게 감사드리며, 사랑하는 모든 이에게 이 책을 바친다.

1990년 6월 배상환

일상시의 한 가능성
- 배상환의 시 -

이윤택 · 시인, 문학평론가, 연출가

일상시의 지평

일상시란 용어는 80년대 말에 조심스럽게 사용되기 시작했다. 이 용어는 〈열린시〉 9집에 나의 시작 노트로 사용한 〈일상화법과 시〉가 발상의 시초가 된다. 이때의 나의 생각은 갇힌 시에 대한 열린 시의 한 성격, 그러니까 〈열린시〉 동인인 내가 쓰는 내 나름의 열린 시에 대한 의미매김이었다고 생각한다. 열린시가 무엇인가는 물음이 〈열린시〉 동인들의 궁극적인 탐색과제였고, 나의 열림에 대한 방향은 바로 이런 시와 일상의 관계에 대한 관심사였던 것이다. 이런 시와 일상의 관계는 사실 80년대적 시의 경이로움에 밑그림이 된 새로운 의식이었다. 시와 비시의 논쟁이 젊은 세대와 노장세대 사이에서 제기된 것도 바로 이 80년대적 시의 급격한 일상성에 기인한다. 이런 것이 어떻게 시가 될 수 있는가? 의문을 제기한 기성세대의 시각과 맞부딪친 것이 시의 세속적 화법이었던 것이다. 나의 입장에서는 시에 대한 고정관념의 해체가 주관심사였다. 해체의 시적 징후란 말 또한 이런 연유에서 시작된 것인데, 근래에 이르러 아예 해체시란 장르적 매김으로 고착되고 있음을 본다. 그러나 해체시란 장르적 의미는 사실 내 생각과는 무관한 것이고, 나는 전시대적 시의 고정관념을 부수는 다양한 징후들—황지우의 발견과 재생의 변형문법, 박남철의 일상과 의식의 과감한 충돌, 최승자의 고백체 일상화법, 박노해의 자생적 노동언어 등—을 해체의 시적 다양성으로 파악했던 것이다. 그러나 이들 해체적 징후는 시인에 따라 각기 상이한 세계관과 방법론을 견지하고 있기 때문에 해체시란 장르로 가두기에는 적절하지 않다고 생각했고, 지금도 이 생각에는 변함이 없다. 해체시란 용어가 통용되면서 상대적으로 간과된 것이 이 일상시에 대한 관심이다. 일상시란 장르적 매김은 오규원, 김광규에서 장정일, 김영승, 박상우에 이르기까지 나름의 의미 위상을 그을 수 있는 문학적 단서이기도 했다.

이런 일상시에 대한 관심은 80년대 말 박상배 시인에 의해 장르적 특성으로 조심스럽게 제기되었고, 필자와 박상배 시인은 일상시의 장르적 의미를 같이 제기해 버리자는 구체적 발상에까지 이른 적이 있었다. 그러나 문학잡지 편집에 관여하던 일을 청산하고 비평작업까지 일시 중단해 버렸던 나의 80년대 말기적 직무유기가 이러한 지속적 관심을 끊어버리는 결과를 낳았다. 이때 갑작스럽게 대두된 것이 도시시란 또 하나의 장르적 기세였다. 〈산업사회와 시〉란 평문을 쓰면서 시와 도시적 삶의 구조에 대한 관심을 표명했던 나로서는 또 한 번의 당혹감이 몰려왔고, 해체시란 장르적 용어와 마찬가지로 도시시란 용어가 적절한 것인지 현재의 나로서는 가능하기 힘듦을 토로할 수밖에 없다.

도시시란 장르적 의미가 성립되기 위해서는 도시적 삶의 구조에 대한 이해가 우선되어야 하고, 도시적 삶의 느낌과 생체리듬이 시에 어떻게 묻어나오고 있는가 하는 상호 관련성, 그리고 장르적 특성과 범주에 대한 구조적 당위성이 내재되어야 하는 것이다. 이러한 구체적 장르 인식의 토대 없이 막연하게 소재 혹은 현상적 시각으로 도시시란 장르에 접근하면 한갓 유행병적 용어로 전락할 위험성이 있음을 경고하지 않을 수 없다. 이런 90년대 벽두적 성급함과 구체성이 결여된 분위기 잡기식의 와중에서 나는 또다시 일상시에 대한 눈뜸이 시작되고 있음을 느낀다. 연극 공연장에서 만난 배상환, 연극배우 정진각의 소개로 만난 그의 시집 원고를 읽으면서 드러나는 생각이기도 하다.

배상환의 불온시에 대한 흥미로운 생각

배상환의 시 〈불온삐라〉를 읽으면서, 나는 이 시인의 현재적 위상을 흥미롭게 파악했다. 그는 교보문고 베스트셀러 목록에서 시집 베스트셀러 6위권에 놓였던 시인이라는 점, 그리고 정식 등단을 거치지 않은 시인의 베스트셀러권 진입에 대해 기존 문화권의 사시안적 비아냥이 개입했다는 점을 느낄 수 있었다. "주위의 여러 사람들이/이 땅의 정서를/걱정하신다"는 대목에서 나는 박장대소의 느낌을 받는다. 그에게 가해졌던 주위의 여러 사람들이 별 볼 일 없는 문학 기득권주의자들의 자신 없는 자기방어적 상대주의 정서를 해치는 불온시집으로 파악될 수 있음직한 일이다. 배상환뿐만 아니라, 기존 문학권의 권위주의적 시각으로 볼 때 듣도 보도 못한 시인들의 무명 출판사 출간 시집들이 독자층의 호응을 받는다는 현상은 배 아프고 억울한 가치전도 양상일지도 모른다. 근래 이런 현상이 일어나고 있음을 듣고 있고, 이 땅의 정서를 해친다고 걱정과 한탄과 시기, 질투를 하고 있는 사실도 접하고 있다. 그러나 나는 아직 이 무명의 베스트셀러권 시집을 한 번도 읽은 적이 없다. 근본적으로 관심이 없었고, 그럴 수 있는 나름의 이유가 있겠지, 정도의 생각이었다. 이들의 시집이 이 땅의 정서를 해칠 만큼 위력적이라고는 꿈에도 생각지 않고 있고, 어떤 점에서는 기존의 문화권이 그 베스트셀러적 위력의 이유를 탐색해 볼 가치가 있다고 믿었다. 그리고 이들에게 문학의 진정성과 실제적 가치의 측면에서 결여된 점이 있다면 이끌어 줄 필요성 또한 있다고 생각했다. 이런 점에서 배상환의 시집 원고는 나에게 상당히 흥미로운 텍스트가 된다.

> 똥이 꽃보다도
> 더 아름다워질 수 있다고?

배상환의 시 〈불온뻬라〉의 한 구절이다. 나는 여기서 간단하게 그의 시의 매력을 발견한다. 그렇다. 바로 이 점에서 배상환의 시는 매력적이고 친화력을 제공한다. 똥이 꽃보다 훨씬 아름답게 느껴질 수 있다.

똥은 꽃보다 인간의 느낌에 가깝고 일상적이다. 배상환의 시가 일상적
느낌으로 열리는 이유 또한 여기에 있다.

언제부터인가
아침에 신문 대신
시를 읽는 습관이 생겼다

시는 신문보다
몹시 답답했다

비행기가 떨어져서
수백 명이 죽은 날 아침에도
시는 별만 노래했고

일가족이 연탄가스로 모두 죽고
대학생들의 과격 시위로
총장실이 불타버린 날에도
시는 꽃이 되고 싶어 했다

신문에서
요즘의 시가

산문적이고 외설적이고
불경스럽다고 욕을 했다는데도

오늘 아침에 읽은 시는
물푸레나무 한 잎 같은
슬픈 여자에게서
헤어나지 못하고 있다

　　　　　　　　– 〈아침에 시를 읽는 것이〉에서

　여기서 우리는 우리 시의 중요한 현재적 위상을 발견한다. 시는 물론
신문보다 몹시 답답하다. 시는 삶의 본질을 꿰뚫는 정신의 무게이고,
신문은 삶의 현상을 즉각적으로 파악하기 때문이다. 그러나 본질의 정
수리를 꿰뚫는 시는 신문보다 훨씬 통쾌하다. 시가 본질의 정수리를
꿰뚫지 못하기 때문에 답답하게 느껴지는 경우가 많다. 이 점에서 시
적 언어와 신문사적 언어는 그 특성이 다르다. 그러나 시가 신문보다
답답할 이유는 없다. 몹시 답답한 시는 혹시 삶의 본질로부터 차단되
어 잇는 닫힌 시가 아닌가 의심해 볼 수 있다. 그러나 시는 연탄가스 집
단사나 과격시위 등을 즉각적으로 표현해낼 이유 또한 근본적으로 없
다. 그러한 삶의 장을 정신의 응집력으로 끌어당겨 안는 것이 시의 본
질이다. 그러나 우리의 시가 "슬픈 여자에게서/헤어지지 못하고" 있는
것은 문제가 된다. 슬픔에서 헤어나지 못하면 슬픔의 핵, 슬픔의 정수

를 제대로 느끼지도 표현하지도 못한다. 슬픈 여자에게서 빠져서 슬픈 여자의 진정한 슬픔을 해방시켜 주지 못하는 것이다. 배상환이 우리 시를 비판하는 근거 또한 여기에 있다고 본다. 이 점에서 배상환의 우리 시에 대한 불온성은 건강한 시와 삶의 회복의지에 닿는다.

일상의 허위를 뒤엎는 발상의 전환
그리하여 일상의 속을 집어내는 삶의 문법

배상환의 시가 일상적 친화력을 제공하는 근본적인 이유는 그의 시적 토대가 극히 평이한 삶의 주변사를 다룬다는 점에 있다. 중학교 교사 생활 중에 얻은 시편들, 그리고 〈목욕탕 이야기〉 시편 외에도 그의 시는 거의 전부 일상을 대상으로 취하고 있다. 그리고 그이 시적 언어 또한 극히 평이한 일상화법이다. 이 점은 그의 시를 독자들이 문맥상의 암호풀기 없이 그대로 독해해 낼 수 있다는 장점이다. 그러나 일차적인 일상화법이 지니는 서술적 구조와 평이한 어법은 독자에게 신선한 감수성의 즐거움을 제공하지는 못한다. 이러한 독자의 감수성에 대한 포인트를 배상환은 화법 자체의 미학적 특이성이나 자율성으로 획득하려 하지 않는다. 이 점에서 배상환은 언어를 위한 언어의 미학주의자나 감각적 매력을 지닌 시인은 결코 되지 못한다. 배상환의 시적 감수성은 오히려 다른 곳에 있다.-발상의 전환, 그렇다. 그는 평이한 일상의 겉을 평이한 서술구조로 진행시키다가 문득 일상의 속이 내포하고 있는 촌철살인적인 삶의 본질적 느낌을 뒤엎어 역전시킨다. 여기서 느끼는 삶의 해방감은 상당한 것이다. 역설적 위트와 순간적인 통찰력이 내리꽂는 자유에의 열정 같은 것이다. 이 점이 배상환을 독자가 있는 시인으로 존재케 한다.

> … 나도 이발사도 그녀도 아무런 말이 없었다. 나는 일어나 슬리프를 신고 그녀를 안마하기 시작한다. 오른쪽 팔 왼쪽 팔 왼쪽 다리 오른쪽 다리 조금씩 조금씩 정성을 다해 안마를 한다 목과 가슴 양쪽 겨드랑이와 발바닥 허벅지 배꼽 근처를 집중적으로 간지럽히고 눌러댔지만 그녀에게는 신음 소리는커녕 침 넘어가는 소리 하나 들리지 않는다 아 오늘도 나는 하나의 소리도 지르지도 듣지도 못하고 하루를 보낸다 여느때와 같이
>
> – 〈방학동 박씨의 꿈〉에서

이발소에 안마를 받으러 온 손님이 되레 면도양을 안마한다는 발상 자체가 현실을 뒤집는 블랙 유머이지만, 전신을 주무르고 간지럽히고 애무를 해대도 "신음소리는커녕 침 넘어가는 소리 하나 들리지 않는" 무감각과 소외된 도시의 일상 공간을 느낀다. "하나의 소리도 지르지도 듣지도 못하"는 인간과 인간의 관계 차단벽이 지금 우리를 세속도시

의 일상의 겉모습을 이루고 있다. 여기에 대한 시인의 필사적 저항은 결국 가치전도된 본질을 회복하기 위한 또 한 번의 역전을 기도하게 되는 것이고, 이 역전의 감정이 일상시의 한 방법적 특성이랄 수 있는 블랙 유머를 창출하게 되는 것이다. 배상환의 이 일상의 겉과 속을 대비시키는 '거꾸로 드러내기'는 그의 시 전편에 깔려 있는 방법론이다.

> 안전하게 풀어버린 후에야/마음은 안정을 찾고
> 실내등 꺼진 후에야/내 마음은 밝아지고
>
> — 〈안전벨트〉

> 고무신을 신고/지하철을 타니/주위의 사람들이/모두 쳐다본다/
> 나이키 운동화를 신은/스님마저 쳐다본다
>
> — 〈고무신〉

> 정신 교육은/정신나간 짓이라고 말하다가/
> 나는 더욱 미움받고
>
> — 〈정신 교육〉

이러한 '거꾸로 드러내기'의 블랙 유머는 도시 일상의 겉과 속을 경쾌한 보법으로 돌아다니면서 순간적인 발상의 전환, 번뜩이는 통찰력의 채집 같은 감성으로 구축하는 시적 방법이다.

가치전도된 현실에 대한 절묘한 방법적 역습이며 직설적으로 비분강개하지 않고 타락한 일상을 일깨우는 시의 맛이기도 하다.

그러나 이런 블랙 유머의 시일수록 그 유머의 밑그림이 강력한 인간회복에의 정서가 깔려 있어야 한다. 비판을 위한 비판, 뒤집는 재미에 빠지는 뒤집기, 말의 희롱에 그치는 역설은 자칫하면 경박한 테크니션으로 떨어질 우려가 있는데 〈처용가〉, 〈시험〉, 〈목욕탕 이야기〉 시리즈 중 〈남과 녀〉 같은 작품이 그러하다. 웃음 뒤에는 강력한 페이소스가 뒤따라야 "슬픔에서 헤어나오지 못하는" 우리 시의 한계를 극복하는 진정성을 회복할 수 있는 것이다.

어디로 갈까
잠시라도 이 공간에서 벗어나고 싶다
커피가 먹고 싶지만
이런 분장과 차림으론
2층 커피숍에 올라갈 수도 없고

…(중략)…

그래 전화를 하는 거야
나의 현실에게 전화를 하는 거야
급히 동전을 꺼집어 내어

주차장 옆 공중전화박스로 갔는데
먼저 온 한 여자가 전화를 하고 있다

무대에는 지금쯤
나의 사랑하는 하인이
나의 남편에게 몽둥이로 얻어맞고 있겠지

- 〈배우수첩 3〉에서

현실과 무대, 일상과 비일상의 교차가 상호간 *끈끈한* 만남의 장면이
어우러지는 〈배우수첩 3〉은 배상환의 시집 원고 중 가장 구성이 탄탄
한 작품이다. 공연 도중 막 뒤로 퇴장한 배우, 그에게 남아있는 막 뒤의
4분 15초를 어떻게 삶의 시간으로 메우려 하는가. 커피가 먹고 싶고,
전화를 하고 싶다는 강력한 현실에의 친화력, 바로 이것이 시를 시이게
하고, 시가 삶의 실제적 질을 높이는 정신적 가치도구임을 입증케 하
는 시적 리얼리티이다. 배상환이 단순한 현실 해체, 뒤집기, 조롱, 비판
의 차원에서 벗어나 이런 구성적 객관성과 일상적 진실의 페이소스를
붙들 수 있다면, 그는 대중적 독자 취향과 또 다른 문학적 성취도를 높
일 수 있을 것이다. 쉽게 읽히면서도 일시에 폭소를 터뜨려 갇힌 삶에
서 해방감을 일깨우는 발상, 그리고 그 뒤에 강한 울림으로 남는 우리
의 원초적 페이소스 같은 것 말이다. 이 삼박자를 배상환이 어떻게 구
축해 나갈 것인가 기다려진다.

3. 비보호 사랑

- 시집, 나남출판사, 1994. 11. 15.

서문

나의 생활은 행운의 연속이다.

94년 2월, 방학동 22평 아파트에서 금호동 25평으로 이사를 했다. 이른바 재개발 딱지라는 것을 조금 비싸게 사 이것 때문에 은행 빚 4,380만 원이 생겼음에도 나는 이것 때문에 걱정한 적이 한 번도 없다.

새로 이사한 아파트는 기가 막히게 좋은 곳에 있다. 이곳을 선택한 내가 대단히 자랑스럽다. 직장과 출석하는 교회, 그리고 예술의전당, 세종문화회관, 국립극장, 대학로, 서울역, 고속버스터미널, 교보, 종로서적 등이 모두 30분 이내에 이동할 수 있는 서울의 최중심지, 최고의 위치에 있다.

그런데 며칠 전 집 앞에서 〈서울의 달〉이라는 TV 드라마 촬영을 구경하였는데, 함께 서 있던 사람들의 얘기가 이곳 금호동이 서울의 대표적인 달동네 중의 하나이기 때문에 이곳에서 그 드라마를 촬영한다고 하여 나는 깜짝 놀랐다.

'가정'이라는 것이 올해 처음 생긴 것이 분명 아닐 텐데 1994년 올해가 '세계 가정의 해'로 정해져 우리나라에서도 한국 인간계발 연구원이라는 단체가 '제1회 한국의 좋은 가정 베스트 10'을 선정하여 상을 주었는데 어쩐 일인지 우리 가정이 여기에 뽑혀 지난 3월 그 상을 받았다.

이 일로 신문, 잡지, 라디오, TV에 우리 가족이 소개되는 영광을 누렸는데 무엇보다도 밀양 사시는 부모님께서 크게 기뻐하셔서 우리 가족의 즐거움이 더욱 컸다. 고향 친구들 사이에는 내가 꽤 유명한 사람으로 통한다. 최근 모 여성잡지로부터 우리 가족을 취재하고 싶다는 연락이 왔을 때 작은아들이 친구들과 축구 게임 약속을 미리 해두었기 때문에 거절했다. 우리 가족은 이만큼 컸다.

1994년 가을. 나는 시집 《비보호 사랑》, 산문집 《목욕탕과 콘서트홀》, 음악비평집 《백조의 노래》 세 권을 동시에 출간하는 객기를 한번 부려본다. 이것은 분명 객기다. 정말 무모하고 미친놈의 발상이다. 그러나 나의 이 미친 짓의 이유는 단 하나, 남들이 안 했기에 내가 한번 해보는 것이다. 그것뿐이다.

누구는 시(詩)가 쓰이는 밤은 괴로워했다고 했는데 나는 시(時)도 때도 없이 마구 글을 쓴다. 시, 산문, 비평 등을 닥치는 대로 쓴다. 이렇게 쓴 글이니 좋을 리가 없다. 나는 내 글을 그저 돈 벌고, 돈 쓰고, 밥 먹고, 똥 싸고 등에 사용되는 단어들로만 글을 쓴다. 나는 그 이외의 단어들은 솔직히 말해 잘 모른다. 글을 써놓고 보면 지난번 어디에 썼던 내용과 비슷한 것을 발견할 때도 종종 있다. 어제 만난 사람을 오늘도 만나듯 그 얘기가 그 얘기고, 그 글이 그 글이다. 조금이라도 문학을 아는 사람이라면 내 글이 형식적으로 내용적으로 정리되지 못함을 쉽게 지적할 수 있을 것이다. 혹 어떤 이는 엉망, 개판이라고 할 것이다. 나는 엉망, 개판인 내 글을 좋아한다. 사실 좋은 글이야 세상에 너무 많지 않은가.

참으로 뻔뻔스럽고 무책임한 말이지만 나는 아직도 한 번도 좋은 글을 써야겠다는 생각을 해본 적이 없다. 왜냐하면 나 자신이 좋은 글을 쓸 수 없다는 것을 이미 잘 알고 있기 때문이다. 간혹 남들에게 글 쓰는 것이 힘들다고 엄살을 부릴 때도 있지만 나 좋아서 밤새우다 코피 흘리는데 누가 말릴 것인가?

시집, 산문집, 비평집의 마지막 원고를 정리하던 지난여름 나는 참으로 행복했다.

이 책은 1988년 《학교는 오늘도 안녕하다》, 1990년 《학교는 오늘도 안녕하다 · 2》 출간 이후에 쓴 마흔여섯 편의 시를 묶은 나의 세 번째 시집이다.

3부에 실린 시 가운데 열 편은 월간 〈음악저널〉 1991년 3월부터 12월까지 '이달의 시' 난에 발표된 작품이다.

나는 이제 또 새로운 음모를 꾸미고 있다.

람보, 코만도가 총을 가지고 거리로 나가듯 나는 악기를 가지고 거리로 나간다.

-목요 정오, 광화문 지하도 음악회-

멋지지 않은가?

연주복을 입고 보면대를 앞에 펼쳐 놓고 잘생긴 내가 지나가는 사람들을 위해 클라리넷을 연주한다. 동전은 필요 없다.

1994년 10월

행복한 금호동에서 배상환

일상 혹은 현실, 행복한 길 찾기
- 배상환의 시 세계 -

박용재 · 시인, 〈스포츠 조선〉 문화부 기자

현대 사회는 일상이 지배하는 사회다. 그만큼 현대인은 일상의 노예가 되어 있고 그 속에 살아간다. 일상이라는 것은 매우 가벼우면서도 무거운 삶의 축이다. 현대인은 다양한 매체를 통해 쏟아지는 광고를 보고 옷을 사고 가전제품을 산다. 때론 자신의 가치판단마저 혼란을 겪고 광고에 이끌려 살아가기도 한다. 그러나 우리는 이 일상을 박대하거나 소홀히 할 수가 없다. 일상이 곧 바로 삶의 현주소이기도 하다. 그것은 이데올로기가 무너진 이 포스트 모던한 사회에서는 일상에 감춰진 인간의 내면을 밝혀내고, 일상이 좀먹는 인간의 삶을 규명, 건강한 삶을 건설해야 하기 때문이다.

시인 배상환의 신작 시집《비보호 사랑》은 현대인의 일상을 시적으로 변환한 일상시, 사회적인 관심과 음악에 대한 애정을 비평시 형식으로 담은 시들이 실려 있다. 그는 길거리에서, 학교에서, 공연장에서 만난 사물과 사람 그리고 현상들을 감응력 있는 탁월한 통찰력으로 포착, 독특한 시세계를 구성하고 있는 개성 있는 시들을 보여준다. 일상 속에 사랑이 있고 존재가 있고 삶의 고통이 있다는 인식 아래, 일상을 복합적인 공간으로 파악하고 그 속에서 웃고 울고 부대끼며 살아가는 것이 삶의 희비극적인 축제임을 간과하지 않는다. 그러나 그는, 비록 삶이 작아 보일 때도 있고 슬플 때도 있지만 보다 큰 사랑으로 세상과 사물을 껴안으려는 넉넉한 마음으로 인내하는 자세를 보여준다.

> 당신께 다가가기 위해/ 기다리고 있습니다/ 당신 앞에 너무나도 자신만만하게/ 쌩쌩 달려나가는 사람들을 보면/ 솔직히 그들의 용기에 기가 죽습니다/ 그러나 급히 다가가지 않는다고/ 사랑이 식었다고는 생각지 마십시오/ 당신은 내게 나무나 소중한 사람이기에/ 서둘러 다가가지 않습니다/ 모든 것이 정지되었을 때/ 내 당신께 다가가렵니다/ 가장 아름다운 당신이기에/ 가장 깨끗한 맑은 사랑을 바치렵니다/ 이제 곧/ 기다렸던 것만큼/ 참았던 것만큼/ 더 큰 사랑을 가지고/ 당신께 다가갈 것입니다.
>
> – 〈비보호 사랑〉 전문

이번 시집에 실린 배상환의 시적 감동은 결국 표제적인 "비보호 사랑"으로 귀결된다. 잘 다듬어진 애틋한 감정의 연시로 읽히는 이 시는 사랑에 대한 기다림을 노래하고 있다. 그 기다림은 성급하거나 서둘거나 급하지 않다. 그 사랑은 기다림의 미덕을 아는, 더 큰 사랑을 위한 기다림이다. 큰 사랑을 가지고 사랑하는 당신께 가는 시인의 모습은 아름답다. 이 시처럼 배상환은 넓은 마음을 가진 시인이다. 그만큼 그는 자신이 만나는 사물들을 기다림이라는 태도로 바라본다. 그리고 때가 되면 그 사물들과 더 크게 만나는 것이다.

배상환이 더 큰 사랑, 즉 진정한 세계를 만나는 과정은 그리 순탄하지는 않다. 그러나 그는 자신의 삶의 변화를 그냥 지나치지 않으면서 꼼꼼하게 기록한다. 그리고 자신의 통과 의례적인 삶을 행복으로 감싸 안으려고 노력한다.

배상환의 이번 시집은 모두 3부로 구성되어 있다. 1부는 그야말로 일상생활에서 만난 사소하지만 적지 않은 사물과의 조우를 담은 시들로 꾸며져 있다. 2부는 사회적인 관심을 담은 시들이 주류를 이루면서 평범한 시민이 갖는 사회에 대한 나름대로의 비판의식을 담고 있다. 그리고 3부는 음악에 대한 관심을 담은 시들로 구성되어 있다. 그는 음악가, 음악회 그리고 악기 등 음악과 관련된 언어들을 뭉뚱그려 음악에 대한 남다른 애정을 시로 형상화해 내고 있는 것이다.

그는 아내의 생일날 아이들과 냉면을 먹고 돌아오는 길을 묘사한 〈너무 큰 욕심〉이란 시에서 "뒷주머니에 항상 돈 3만 원쯤 있었으면 좋겠다"고 고백한다. 그러나 그는 곧 그것이 곧 자신의 허영이라고 반성하면서 분명 죄에 가까운 너무 큰 욕심이라고 술회한다. 그만큼 그는 소박하다. 인생을 겉치레 없이 담백하고 진솔하게 살아내려는 모습을 아름다운 풍경화로 형상화해내고 있다.

그런 소박한 인생살이에 등장하는 적(敵)은 모기다. 시 〈일본이노 모기노〉는 부산발 서울행 무궁화호 열차에서 만난 모기가 대전을 지나 서울역까지 따라와 결국은 자신의 팔뚝을 뻘겋게 만들어 놓았다는 얘기를 담고 있다. 또 〈밤에는 더 심하게 흔들어야 한다〉는 시에서의 모기는 야영장에서 만난 모기다. 그는 모기와의 싸움을 야간전투로 표현하면서 적으로 설정하고 있다.

이처럼 모기는 시인 배상환을 괴롭히는 적이다. 그러나 배상환이 시에서 모기를 등장시킨 것은 일상적인 생활에서 만날 수 있는 것들을 시로 육화시켜, 삶의 모습을 투영해 내고 있다는 것이다. 인간의 일상은 곧 모기와의 전쟁에 다름 아니라는 것을 비유적으로 그려내고 있는 것이다. 또한 무좀 걸린 발을 통해 일상의 모습을 그린 〈바람이 불고 있다〉 등도 같은 범주의 시들이다. 배상환의 이 같은 생활시들은 괜한 기교를 부리지 않고 있는 그대로 소박하게 상징화시키고 있다는 점이 큰 장점이다.

그는 시적 언어라기보다는 산문적인 언어를 과감하게 시의 언어로 차용, 평범한 일상을 비범한 시각으로 포착, 우리 앞에 내놓는다. 고상하지도, 시적이지도 않은 언어와 문체, 일반적으로 비시적이라고 여기는 언어 외 대상을 시로 만들어내는 능력을 우리는 높이 살 만하다. 굳이 기교를 부리거나 덧칠하지 않은 채, 그냥 느끼는 그대로 솔직 담백하게 보고, 느끼고, 생각하고, 만난 것들을 써 내려가는 그의 시는 텁텁하지만 입안에 오래 맴도는 모과차 같다. 그것이 배상환의 시적 매력이자 생명력이다.

그러나 배상환은 일상의 세계에서 한 차원 다른 시각으로 인간의 본질적인 문제를 시로 노래하기도 한다.

> 한 마리인가 싶었는데/ 자세히 보니/ 잠자리 머리 위에/ 또한 마리 잠자리가 있다/ 2층 잠자리./ 두 놈은 조금의 다툼도 없이/ 같은 방향으로 잘도 날아다닌다/ 개는 동물 중/ 지능이 비교적 높다지만/ 전봇대 아래 수캐 암캐 교미하며/ 각각의 방향으로 가려고 버티다/ 한 걸음도 움직이지 못하는 꼴을 보면/ 지능이 높을수록/ 교미 혹은 성교를/ 다투듯이 거칠게 하는 것 같다/ 올라타서 몸을 누르고/ 다리를 휘감고, 등을 할퀴고, 죽는다고 소리치는…/ 인간은 역시 최고의 지능을 가진 동물이다
>
> － 〈교미 혹은 성교〉 전문

이 시처럼 그는 잠자리의 성교를 빗대어 인간의 지능을 역설적으로 형상화하고 있다. 그의 솔직함은 이 시에서도 엿볼 수 있다. 언어를 비틀거나 꼬지 않고 생각과 경험을 통해 그저 술술 솔직하게 성의 문제를 묘사해 내고 있는 것이다. 지능이 높을수록 성교를 거칠게 하는 모습

을 통해 인간의 영악함, 본능에의 욕구가 강함을 사실적으로 드러내 보인다. 그런 솔직담백한 삶의 시적 묘사는 시인 배상환의 행복한 길찾기에 다름 아니다. 일견 너무 솔직하게 묘사한다는 것이 그의 약점처럼 보이기는 하지만 그의 행복한 삶의 길찾기는 이상의 느낌을 솔직하게 드러내는 데 놓여 있는지 모른다.

그는 〈콤비네이션 피자 둘〉이라는 시에서 근 삼십 년 만에 만난 시골 친구의 아내가 아이들 갖다주라고 피자와 캔 콜라를 사주자, 그것을 들고 집으로 돌아오는 지하철 안에서의 행복감을 묘사하고 있다. 그는 피자를 든 자신의 모습을 "모든 사람이 나만 쳐다보는 것 같다/ 얼굴에 억지로 미소를 지었다/ 내가 바로 서울에서/ 가장 여유 있는, 가정적인, 행복한 사람이요"라고 노래한다. 흔히 말하는 '지옥철'에서 친구의 아내가 사준 피자를 들고 행복감을 느끼는 시인 배상환. 그 행복감으로 이 피곤하고 누추한 지상에서 삶을 아름답게 환치시켜 낸다. 그의 아름다움은 언어에 의한, 시적 장치에 의한 것이 아니라 '있는 그대로'의 소박한 아름다움이다.

2부로 넘어오면서 배상환의 시는 개인적인 일상에서 벗어나 우리의 사회적인 문제에 관심을 가진다. 그는 조상들로 인하여 공휴일이 된 날 승용차를 몰고 영동고속도로를 달리는 것을 말한 〈3.1 운동〉, 돼지 갈비집에서 중국제 나무젓가락을 보고 청나라, 중공군에 침략당한 역사 등을 패러디하여 회화적으로 오늘의 모습을 투영해 내기도 한다.

그는 또 〈파고다 공원〉이라는 시에서 가정과 사회로부터 소외된 노인들의 이야기를 끄집어내고 있다. 파고다 공원은 서울 시내의 노인들이 모여들어 친구를 사귀고 말동무를 찾아나선 노인도 있다. 배상환은 이 시에서 "아버지가 그리운 사람은 파고다 공원으로 오십시오"라고 부르짖는다. 그가 그려낸 파고다 공원의 노인들은 바로 고향의 아버지 같은 분들이다. 자신을 무섭게 꾸짖던 고향의 아버지 모습을 발견해낸다. 그리고 그곳 벤치에 앉아 있는 노인들을 두고 "아버지", "어머니"라고 부른다. 소외된 노인들의 절망의 눈빛을 그는 고향의 아버지로 환치시키고 노인들에 대한 사회적 관심과 사랑을 시로 담아내고 있는 것이다.

그의 사회적 관심은 〈부활절 아침〉이란 시에서 분노하듯 그려진다. 신문에 난 조계사 폭력사태, 교사 국교생 성추행, 부음기사, 과천행 지하철 고장, 경부 상행선 무궁화열차 우편칸 화재 등이 시적인 제재다. 그는 부활절 아침 신문에 실린 이런 기사들을 패러디하여 오늘을 사는 사람과 사회의 꼴을 비꼬고 있다. 그는 이렇듯 반인간적이고 폭력이 난무하고 하루가 멀게 사고가 나는 세상에서의 삶을 고뇌하고 있다. 그는 이런 세상을 보면서 "하느님/ 혹, 이 땅에/ 부활의 약효가 끝난 것은 아니겠지요"라며 반문하는 한편, "부음에 기록된 일곱 사람의 죽은 영혼이나/ 하늘나라에서 잘 챙겨주십시오"라고 간청한다. 그의 간청은 절규하는 몸짓은 아니다. 어느 휴일날의 예배처럼 조용하다. 그러나 그 조용함은 강한 시적 메시지로 다가온다. 이 험하고 더럽고 위험한 세상에서 그는, 익명의 죽은 자들에게 하느님이 그들의 영혼을 잘 거두어주시기를 간절하게 소망하고 있는 따뜻한 서정 세계를 시로 담아내고 있는 것이다.

배상환은 음악교사다. 그런 만큼 음악에 대한 그의 애정은 남다르다. 또한 음악이 그의 삶에 있어 큰 부분을 차지한다. 이번 시집의 3부는 음악에 관련된 이미저리들을 동원한 시들이 주류를 이룬다.

> 더러운 자들은/ 소리내는 것을 멈추어라/ 감동은 이미/ 너희 곁을 떠났다/ 순수/ 음악/ 웃기지 마라/ 너희의 화려한 의상과/ 미소짓는 가증스럽고 회칠한 얼굴은/ 이제 구역질 난다
> 　　　　　　　　　　 - 〈음악 없이 소리 없이 그렇게 살자〉 중

배상환의 음악에 대한 애정은 각별하다. 인용한 시에서처럼 음악은 순수한 자들만이 할 수 있는 것으로 믿는다. 더러운 자들이 음악을 하는 것은 용납할 수 없으며 더러운 자들이 소리 내는 것은 감동을 주지 못한다는 것을 강하게 주장한다.

그의 주장은 돈으로 음악을 팔고 돈으로 음악의 스승이 된 자가 있다면 이 땅에서 멀리 떠나라고 항변한다. 음대 부정입학 사건을 비유한 이 시는 음악을 돈으로 팔고 사는 것은 자신의 영혼을 더럽히는 악마라고까지 말한다. 순수해야 하고 아름다워야 할 음악이 자본주의의 비위생적인 구조에 휩쓸리는 모습을 가슴으로 아파하고 있는 이 시처럼 배상

환의 음악은 순수한 자들만이 해야 할 장르라는 것을 단호하게 말한다.

그는 〈따로국밥도 끝에는 말아서 먹는다〉라는 시에서 이분화되어 있는 음악계의 현실을 비판한다. "국악 양악 따로 따로", "연주자 평론가 따로 따로"인 음악계의 모습을 통해 이분화되어 있는 사회 혹은 관념을 날카롭게 지적한다. 예술의 순순한 본질을 외면하고 분열화하고 있는 음악계의 풍토를 '죽은 예술계의 모습'으로 그려내, 교훈적인 감동을 불러일으킨다. 그래서 "음악이 시가 되고/ 순수가 대중이고 대중이 순수이고/ 전경이 대학생이고 대학생이 전경이고/ 말이 행동이고 행동이 말이고/…"라면서 본질은 하나인데, 사회적 착시현상으로 이분화되고 있는 삶의 꼴을 비유적으로 표현해 내고 있는 것이다.

그러나 그는 이런 비판을 통한 음악에의 애정과 함께 〈피아노 1〉이란 시를 통해 인생의 의미를 표현해낸다. "아이들은 피아노의 흰건반 위에서만 노는데/ 어른들은 점점 어른이 되어갈수록 검은건반 위에서만 논다"라고 노래한다.

아이들의 희고 맑은 모습이 어른이 되어 갈수록 어둡고 검어지는 것에 비유, 어른들의 검은 마음을 반추시킨다. 결국 배상환은 아이들은 흰건반을 치면서 인생의 꿈을 생각하지만 어른들은 검은건반을 치면서 죽음을 생각한다는 것이다. 배상환은 음악, 음악회, 음악인을 시적 소재로 쓴 이 같은 비평시를 통해 좋은 음악에의 길을 묻고 있는 셈이다. 배상환에 있어 음악을 떼어놓고 그를 생각할 수 없기 때문이다.

배상환의 시는 전체적으로 산문시의 어법을 많이 사용하고 있다. 시의 형식 면에서도 자유시를 기본틀로 하여 자유롭게 언어를 배치하고 사고를 유연하게 처리하는 특징을 지니고 있다. 아름다운 것은 중요하게 그려내면서도 인간의 삶을 좀먹는 타락한 현실에 대해서는 강도 높은 직설화법으로 꼬집어 낸다. 그는 공감할 수 있는 독설로 아름답지 못한 세상을 시라는 양식을 통해 우리 앞에 발가벗겨 놓고 있는 셈이다. 배상환의 이번 시집은 대체로 생활시, 일상시, 여행시, 비평시 등으로 구분된다. 소재 면에서 그러하지만, 결국 그는 일상의 비극과 희극을 산문적 언어를 통해 진솔하게 담아내는 탁월한 솜씨를 선보이고 있다.

　그는 이제 그 넉넉하고 풋풋한 마음으로 자신의 행복한 길찾기를 계속해 나갈 것이다. 그는 지금 그가 가고자 하는, 만들고자 하는 나라의 길 위에 서 있다. 때론 그 길이 힘들고 고되기도 하겠지만, 배상환은 건강한 모습으로 우리 앞에 새로운 모습을 보일 것이다.

　시인이자, 한때는 연극배우였고, 또 연극 음악 작곡자이자 음악평론가인 배상환,《학교는 오늘도 안녕하다》란 시집으로 우리에게 널리 알려진 그에게 묻고 싶다. 당신이 살고 있는 세상은 언제쯤 안녕하냐고….

4. 라스베가스 세탁일기

- 시집, 도서출판 양피지, 2003. 11. 15.

어머니 생각만 하면

자꾸 눈물이 난다

2003년 가을

라스베가스에서 배상환

자신을 향한 해학과 자아 성찰의 시현

조만호 · 상명대학교 교수, 연출가

 시인 배상환 선생과의 만남은 그저 느닷없는 일이었다. 태능골 먹골배가 한창 무르익어 단맛을 풍기던 계절에 배 선생을 만났다. 그리고 뭐 그리 진하게 달고 짠맛을 감지한다고 할 것 없이 일상적으로 지금에이르렀다. 그렇다, 일상 속에 배 선생과 나는 항상 함께 있다.

 일전에 강원도 정선의 장터에 갔다. 시끌시끌한 시골 장터가 풍기는 정취는 누구나 알 것이다. 감자떡에 옥수수에 그리고 막국수. 그곳에서 결혼하여 어엿한 가정을 이룬 배 선생의 애제자(愛弟子) 주영 씨를 만났다. 그리고 며칠 후 라스베가스에 있던 배 선생이 서울에서 느닷없이 전화를 했다. 그 제자가 말하기를 선생님들은… 말끝을 맺지 못했는데 '아마도 도깨비 같은 사람들'이란 말을 하고 싶었던 것 같다.

 배 선생은 이번에 네 번째 시집을 마련한다. 그 발문을 내가 쓴다고하니 반갑고, 고맙다. 그리고 행복하다.

 시인이자 연출가인 이윤택은 배 시인의 두 번째 작품집《학교는 오늘도 안녕하다 · 2》발문에서 배 선생의 시를 '일상의 허위를 뒤집는 발상의 전환, 그리하여 일상의 속을 짚어내는 삶의 문법'이라고 규명한 바 있다.

> 일불 삼십 전 주고 사와서 달아 주면
> 구불 정도 받습니다
> 참 짭짤하죠?
>
> — 〈수선〉 중에서

배 선생은 미국에 이민하여 세탁소를 경영하고 있다. 먼 곳까지 가서 지퍼를 사와 부인이 재봉틀로 새롭게 달아 주고 얼마를 남기는 자신의 처지를 '참 짭짤하죠?'라고 하였다. 이것은 배 선생만이 가지고 있는 자신을 향한 해학이다.

이번에 배 선생은 어머님이 편찮으셔서 고국에 들렀다. 잠시 짬을 내서 안국동에 들렀다. 화랑이 있고, 고서점이 있고, 화방이 있고, 한식 음식점이 있는 거리다. 그곳에서 배 선생은 흰 고무신을 샀다. 서울 시내를 하루 종일 걸어 다닌다 해도 신은 이 한 사람 만나기 어려운 것이 고무신이다. 그 고무신을 신고 라스베가스 거리를 활보할 배 선생의 모습이 눈에 선하다. 흰 고무신을 사들고 들어가자 그 누님이 말씀하셨단다. "살려면 검정 고무신을 사야지." 누님의 유머는 더욱 놀랍다.

자신을 향한 해학은 다음에서 더욱 치열하다.

참을 수 없는 슬픔을 느껴

그 후 이틀 점심을 굶었더니

하얀 백인들의 얼굴이

더 노랗게 보이기 시작했습니다.

오늘부터는

그것이 미국 화장실 옆이라 해도

조용히 밥 먹을 공간이 생겨 참 좋습니다

– 〈한국 음식〉 중에서

　배 선생은 휘경동 기찻길 옆 어디쯤에 통풍구가 주먹만 한, 문을 닫
으면 캄캄해지는 화장실이 있는 자취방에서 서울 생활을 시작하였다.
그곳에서 청국장을 즐겨 끓였다.

　밥 하나 편히 먹을 수 없다가 미국 화장실 옆이 삶의 가장 기초적인
공간임을 그는 발견하고는 '참 좋다'고 한다. 그렇다, 육체적 억압으로
부터 편안하게 생각할 사람은 없다. 그러니 최소한의 공간을 확보한
사람에게 그 이상 좋을 수는 없다.

　"하루에 내 몸에서 피가 두 번 나긴 처음이었습니다."(〈이상한 하루〉
중)라는 대목에 이르러서는 소름이 끼친다. 그래서 그는 숫자놀이로나
마 위안을 삼는다.

　하루가 무척 깁니다

하루의 절반인

열두 시간을 세탁소에서 일합니다

하루가 열두 시간이고

그 절반만 일했으면 좋겠습니다.

아니면

하루가 스무 시간이고 그 절반인

열 시간만 일했으면 좋겠습니다

〈하루 스물네 시간〉 전문

하루 열두 시간의 절반이나 하루 스무 시간의 절반이나 매일반이건만 이런 불합리한 계산을 통하여 지리한 하루의 심사를 토로한다. 그러면서도 힘써 일하는 아내에게는 미안하다.

"이 음악 어때?

바이올리니스트 김복현 선생이 연주한 거야"

속상해 있는 아내에게 남편이라는 작자가

기껏 한다는 말이 이것이지만

아내는 말 대신 씩 웃기만 합니다.

아내는 천사 같습니다

- 〈남편은 남의 편〉 중에서

배 선생의 유머는 상상을 초월한다. 그야말로 촌철살인의 유머다. 그
러나 유머 감각이 뛰어난 배 선생도 때로는 절망한다.

희망이라는 단어를 떠올려도
전혀 설렘이 없는 것을 보면
이젠 절망에 꽤 익숙해져 있나 봅니다.

- 〈하루〉 중에서

이러한 절망의 뒤 끝에 배 선생은 고향을 그리워한다.

MADE IN KOREA를 발견할 때
그 야릇한 기분은
반가움이랄까 자랑스러움이랄까
지난밤처럼
한국의 그리운 사람을 그리다
밤을 꼬박 지새운 날
그 아침 첫 옷에 만나는 KOREA는
사람을 울게까지 합니다
……

외국에서 KOREA를 만난다는 것은

참 행복한 순간입니다

-〈KOREA〉 중에서

그래서인지 배 선생은 "영어가 조금도 늘지 않"(〈ENGLISH〉 중에서)
는다.

이 시계를 보며

서울에서의 생활을

기억해내곤 합니다

그리고 지금쯤 그곳에 있는

사랑하는 사람들이 하고 있을

일들을 합니다

그러다가 그리움이 북받쳐 올라

눈물이 쏟아질 땐

서울서 가지고 온 타올에

얼굴을 묻고 웁니다

시계와 타올이 이렇게

기가 막히게 좋은 짝인 줄

예전엔 미처 몰랐습니다

-〈시계와 타올〉 중에서

서울서 가지고 온 시계와 타올로 위안을 삼는다. 특별할 것도 없었던 물건이 이처럼 눈물겹게 다가오는 것은 객지 생활을 해본 사람만이 알 것이리라.

> 그런데 이 사람들은
> 제대로 먹는 것이 없어서 그런지
> 음식 먹고 트림하는 것을 대단히 싫어합니다.
> 배부르게 먹고 잘 먹었다는 표시로 끄윽! 한번
> 크게 하는 우리의 여유와는 너무나도 큰 차이가 납니다.
> ……
> 가끔씩, 한국의 밥상이 그립습니다
> 밥그릇 높이만큼이나
> 또 한 번 수북히 담겨있던 하얀 쌀밥
> 놋쇠 그릇은 왜 그렇게 무거웠는지
> 아, 다시 만날 수 있을까요?
> 시원한 동치미국물
> 그저 고추장에만 비벼먹어도…
>
> 　　　　　　　　　　　　 - 〈식욕〉 중에서

이역만리 객지에서 '동치미국물과 고추장'을 그리워한다.
배 선생이 무얼 그리 맛있게 먹었던가 기억이 없는데 이 순간 '동치

미국물과 고추장'을 그리워하는 배 선생을 보면서 애틋함을 느낀다. 아! 그렇다. KOREA에서는 무엇이건 맛있게 즐겼다. 새삼스럽게 하얀 쌀밥과 놋쇠 그릇을 찾는 그를 통하여 천생 한국 사람이구나 하는 생각이 든다.

꿈에
파피꽃이 빨갛게 핀
바닷가를 거닐었습니다
그런데 이상한 것은
그것은
태평양이 내려다 보이는
캘리포니아가 아닌
한국의 남해안
그 어느 섬인 것 같았습니다

– 〈꽃밭에서〉 중에서

배 선생은 초인적이다. 단수와 관계없이 누구와 바둑을 두어도 지지 않는다. 라켓 잡는 법이 대단히 특이해서 그렇지 테니스를 쳐도 지지 않는다. 연극 〈하킴의 이야기〉라는 작품에 주인공으로 출연했을 때에도 링거를 맞아가며 몇 주간의 공연을 끝냈다. 나는 술을 즐겨 하지만 내가 술로 배 선생을 이겨 본 적은 없다. 안 쳐서 그렇지 화투를 쳐도

절대로 잃지 않을 것이다. 지리멸렬하였던 어느 합창단을 재건하고 재건 수준이 아니라 주목받는 단체로까지 끌어올렸던 배 선생의 눈물 나는 노력을 생각하면 차라리 숙연해진다.

배 선생은 경상남도 거제도에 직장을 두고서도 그곳에서부터 서울 연세대학교 대학원을 다녔다. 말이 거제도이지 그 당시에는 편도 열 시간은 족히 걸리는 교통편이었다. 그곳에서 서울까지 대학원을 다녔던 것이다. 초인적이다.

여기 "한국의 남해안 그 어느 섬"은 아마도 거제도일 것이다. 그렇다. 거제도는 참으로 아름답다.

낙원동의 한 귀퉁이에 맥주집이 있었다. 그곳에서 지금은 타계한 고려대 물리학과 출신의 김 선생과 우린 많은 대화를 나누었다. 노가리 안주와 더불어 음악과 연극과 물리, 그리고 시를 이야기하였다. 직장 이야기를 나눈 기억은 거의 없다. 그곳에서 늘 배 선생은 냉철하고 객관적인 자리에 있었다. 또 노가리 뼈를 깔끔하게 발라주어 고추장을 듬뿍 찍어 맛나게 먹게 하였다.

객지 생활이 어찌나 답답하던지 "비나이다 비나이다 비를 내려 주소서"(〈비나이다〉 중에서)라고 빌기도 한다.

그러나 아이러니컬하게도 너무 푸르러서 살 수가 없는 처지다.

눈이 너무너무 부시고
너무너무 푸르른 날만 있는
이곳에서는 어떻게 살아야 합니까?

– 〈대답해 주세요〉 중에서

그러나 배 선생은 애끊는 삶에서도 자아 성찰을 잊지 않는다.

사람을 만날 때도
마음의 문을 닫고서
만나지는 말아야겠습니다.

그런데
저는 그것이 잘 안 됩니다

– 〈단추를 모두 잠그고〉 중에서

자신을 조금 낡은 와이셔츠에 비유하고 있다.

내 나이 마흔넷
소매 단추 하나쯤 실이 풀어져

떨어지려고 달랑거리고

가슴 앞주머니에 잉크 자국 조금 남아있고

목 뒤엔 문질러 빨아도

완전히 때가 빠지지 않을 것 같은

그런 낡은 와이셔츠 같습니다

– 〈마흔넷의 와이셔츠〉 중에서

　세월의 흔적을 통하여 자신을 발견하고 인생을 반추해 보는 것은 인지상정이다. 많은 회한이 쌓이게 마련이다. 살아온 날보다 살아갈 날을 생각하기 때문일까. '참 귀여운 이름을 가진 노인 에디'에게서 자신을 발견하고 있는지도 모른다.

'에디'

참 귀여운 이름이죠?

'에디'는 우리 세탁소에 오는 손님 중

가장 키가 크고

가장 좋은 차를 타는

흑인 할아버지의 이름입니다

그는 세탁소에 오는 것을

큰 즐거움으로 생각하는 사람 같습니다

셔츠 한두 장을 가지고 와서는

오 분쯤 뭐라 뭐라고 얘기하고 갑니다

오늘 아침엔

머리염색약이 묻은

셔츠 한 장을 가지고 와서는

십오 분쯤 얘기하고 갔습니다

상대방이 잘 알아듣지 못하는 줄

뻔히 알면서도 천천히 그리고 매우 진지하게

얘기하는 그의 모습에서

인간의 깊은 외로움을 느낄 수 있었습니다

하루 종일 그 생각으로 마음 아팠습니다

큰 키와 번쩍거리는 차가

그를 더욱 외롭게 하는 것 같았습니다.

- 〈에디〉 전문

시인 이생진은 '가난한 시인이 시집을 내면 가난한 시인이 사서 본다'
고 하였다. 천 부 팔기가 힘들다는 시집인데 배 선생의 시집은 수만 부
가 팔렸다. 이번 배 선생의 시에는 다양한 화자(speaker)가 등장한다.
한 편의 시에도 여러 화자가 등장한다.

배 선생은 화자이기를 주장하지 않는다. 언제나 화두를 던질 뿐이
다. 배 선생의 시를 읽으면서 우리는 청자(hearer)이면서 화자가 된다.
그리고 그 화자들은 모두 존칭형 어미를 쓰고 있다.

이것이 배 선생의 시적 장치이다. 이러한 장치를 선택한 것은 배 선생이 자족(自足)을 탐내지 않기 때문이며, 삶 앞에 겸손하기 때문이다. 이번 시집에는 유독 서사적으로 전개되는 단연시(單聯詩)가 많다. 이 단연시에 다양한 화자를 등장시키고 면면히 이어가는 섬세한 관찰을 통하여 단단한 삶을 조명한다. 이것이 배상환 시의 강점이다. 수만 부가 팔린 데에는 그럴 만한 이유가 있는 것이다.

배 선생에게 가장 어려운 날은 '당신의 모습'이 떠오르지 않는 날이다. 이것은 우리에게도 가장 어려운 날이다.

살다가
갑자기
심장이 멎어버릴 듯한
숨이 막혀 죽어버릴 듯한 순간

그것은
바로
당신의 모습이
떠오르지 않을 때입니다

– 〈당신〉 전문

내 속에
너무 크게 자리 잡은
당신을 보고 놀랍니다

내 속에
나는 보이지 않고
당신의 음성
당신의 미소
당신의 숨결만이
가득합니다

나는
날 찾을 수 없습니다

아마도
나는
당신 속에 있나 봅니다
내 속에 있는
당신 속에 내가 있나 봅니다

- 〈내 속에 혹은 당신 속에〉 전문

배 선생은 "당신의 모습"을 어머니에게서 발견한다.

어머니,

오늘 새벽

너무나도 선명하게

떠오르는

당신의 모습을 보았습니다

찬찬히 들여다본

당신의 얼굴

당신은 참 아름다운 여자입니다.

미소를 머금고

날 바라보는 그 눈은

오랫동안 느껴보지 못했던

기쁨!

바로 그것이었습니다

어머니,

오늘 하루는

잘 지낼 것 같습니다

- 〈어머니〉 전문

배 선생에게 어머니는 참으로 아름다운 여자다. 우리에게도 어머니는 가장 아름다운 여자다.

느닷없는 전화를 기다린다.

2003년 안서동에서 한가위에

5. 개들이 사는 나라

- 시집, 책나무출판사, 2010. 6. 3.

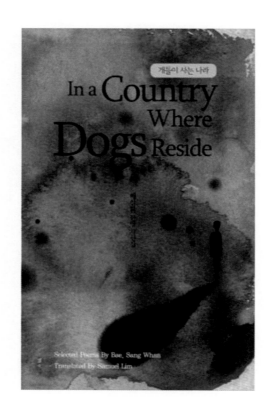

발문

깊은 '사랑'과 '그리움'의 노래
- *배상환론* -

유성호·문학평론가, 한양대학교 교수

1.

우리가 한 편의 서정시를 쓰고 읽는 것은, 그 자체로 커다란 우주적 경험이나 역사적 흐름에 동참하는 일일 뿐만 아니라, 작은 차원에서 보더라도 자신의 경험과 생각에 새로운 탄력을 부여하는 작업이 된다. 물론 서정시를 읽은 경험이 일정한 지속성으로 삶을 규정하는 것은 아니지만, 그것은 우리 삶의 무의미함에 일종의 정서적 충격을 줌으로써 자신을 반성적으로 생각할 수 있는 에너지를 부여한다. 이것이 서정시의 가장 보편적이고 절실한 존재 이유일 것이다. 다시 말하면 우리는 좋은 서정시를 읽음으로써, 미처 알지 못했던 삶의 어떤 의미와 가치를 알아가게 되고, 새로운 삶의 감각을 경험하게 되는 것이다.

우리가 배상환의 서정시를 읽고 느끼는 점도, 이러한 의미와 가치를 알아가는 새로운 경험이라고 할 수 있다. 서정시의 존재 이유가 삶에 대한 끝없는 질문과 신뢰라는 점에서, 배상환의 서정시는 삶에 대한 성찰과 궁극적 긍정에 이르는 과정을 선명하게 보여주는 사례이다. 문학

제 I 부 시집　　　　　　　　　　　　　　　　　　　　　　　**79**

조차 공공연히 상품 미학의 후광을 입고 유통되는 시대에, 그리고 시인
들조차 문화 산업의 중요한 일원임을 떳떳하게 자임하는 시대에, 배상
환 시의 이러한 성찰과 긍정의 힘은 서정시의 정체성을 선명하게 확인
해준다. 그 성찰과 긍정의 힘으로 구성된 배상환의 시는, 우리로 하여
금 삶의 궁극적 가치인 '사랑'을 경험하게 하고, 존재론적 '그리움'을 느
끼게 하는 세계이다.

이번에 출간되는 한영(韓英) 대역 시선집은, 시인이 서울 중앙중학
교에서 교편을 잡고 있을 때의 제자인 사무엘 립(Samuel Lim) 선생의
번역으로 이루어졌다. 이 안에는 그의 대표작들이 시간적 순서대로 망
라되어 있을 뿐만 아니라, 번역자의 세심한 번역을 통해 새로운 언어의
옷을 입고 있다. 이번 시선집은, 제자의 자발적 번역이 부가되었다는
점에서, 더욱 축하받을 만한 결실이라고 할 수 있을 것이다.

2.

배상환 시인의 초기 시세계에 해당하는 《학교는 오늘도 안녕하다》
(1988)와 《학교는 오늘도 안녕하다·2》(1990) 등 두 권의 시집은, 그 제
목이 암시하고 있듯이, 교사로서 학교에서 겪은 구체적 경험들을 담고
있다. 그리고 '안녕하다'라는 말 속에 삶에 대한 깊은 반어적 성찰을 담
아내고 있다. 먼저 두 시집에서 뽑은 그의 대표작들을 읽어보자.

운동장에 먼지가 날리고 있는 것은
학생들이 살아 움직이기 때문이다
멈추어진 곳의 먼지는 날리지 않는다
면이 고르지 못해 뒤뚱거리는 책상
천정과 게시판 옆에는 비가 새어
색이 바래져 있다
그러나
학교는 오늘도 안녕하다

세 사람의 장학사가
정의 사회 구현과
전인교육을 강조하고
웃으며 돌아갔다
학교는 오늘도 안녕하다
(…)
아직도
창밖 운동장에는
줄다리기 준결승전을 하는
학생들의 함성과 먼지가
바람에 높이 날리고 있다

아!

오월엔 온통 사랑하게 하소서

－〈학교는 오늘도 안녕하다〉 중에서

이 시편에 그려진 학교의 풍경은 두 가지 대조적인 성격으로 나타난
다. 그 하나가 학생들과 교생실습을 나온 이들이 함께 보여주는 충만
한 생명력이라면, 다른 하나는 '장학사'로 상징되는 관습적이고 제도적
이고 형식적인 '안녕함'이다. 학생들이 살아 움직여 생겨나는 '함성과
먼지'는 학교가 안녕할 수 있는 실질적 에너지이다. 시인도 그렇게 "젊
음을 확인하는 사람"이 되어 "사랑의 향내"를 풍기며 살고 싶다고 말한
다. 비록 낡은 책상과 천정이 있을지라도, 학교는 그 생명력으로 인해
안녕할 수 있는 것이다.

그러나 "세 사람의 장학사"가 나타나 저 1980년대의 정치 구호였던
"정의 사회 구현"을 외치고 돌아간 후 학교의 안녕함은, "사랑의 향내"
와는 전혀 무관한 허구적인 것이다. 그래서 시인은 "아!/오월엔 온통
사랑하게 하소서"라면서, 진정한 생명력에 바탕을 둔 '사랑'만이 학교를
안녕하게 하는 근원적 힘임을 노래한다. 반어적 어법에도 불구하고, 이
시편은 결국 '사랑'을 통한 삶의 긍정으로 귀결된다. 그 다음은 어떤가.

이틀 동안 방과 후 유리창을 닦고

복도 게시판을 새로 정리하고

천장과 교실 구석구석의

거미줄을 제거하면서도

아이들은 묵묵히 일만 하고 있다

이럴 땐 장학사가 온다는 것을

알고 있기 때문이다

(…)

종례 후 갑자기 쏟아진 소낙비에도

아이들은 피하지 않고 맞으며 걷고 있다

이 비가 우리 선생님의 자존심을 씻어줄

고마운 비인 것을 알고 있기 때문이다

학교는 오늘도 안녕하다

– 〈학교는 오늘도 안녕하다·2〉 중에서

'장학사'가 등장하기 직전, 학생들이 묵묵히 학교를 청소하고 단장하고 있다. 학생들이 먼저 "장학사가 온다는 것을/알고" 있는 것이다. 그래서 아이들은 어떤 질문도 하지 않고, 그저 묵묵히 청소와 단장의 시간을 감내한다. 장학사를 맞이해야 하는 선생님들의 딱한 처지를 알고 있기 때문이다. 그렇게 아이들은 어느새 장학사들의 기분을 스스로 맞출 줄 알고, 그래서 학교는 다시 안녕하다. 그러다가 방과 후 쏟아진 소낙비에 아이들은 비를 맞으며 걷는다. 그 비가 선생님들의 자존심을 씻어주는 것임을 알고 있기 때문이다. 이렇게 아이들과 선생님이 나누는 '사랑'의 힘으로 학교는 여전히 안녕하다. 이러한 '사랑'과 함께, 다음 작품에서는 배상환 특유의 촌철살인의 기지(wit)가 잘 나타나고 있다.

교실 칠판 우측
국민 교육 헌장이 들어 있는 액자
맨 나중
새 역사를 창조하자의
역사 위에서
피 터져 죽어 있는
파리가 붙어 있다

무엇이
역사 위에서 파리를 죽게 했나?

파리는
왜?
역사를 감추기 위해
피 흘리며
몸으로 막았나?

- 〈파리〉 전문

이 탁월한 풍자(satire) 시편은, 우리 교육 현장의 한 측면을 근원적으로 탐색하고 성찰한 비판적 결실이다. 제도적 학교 교육을 상징하는 "국민 교육 헌장이 들어 있는 액자"에 파리 한 마리가 죽어 붙어 있다. 그런데 공교롭게도 파리는, 국민 교육 헌장의 마지막 구절인 "새 역사를 창조하자"의 바로 그 '역사'라는 단어 위에 피 터져 죽어 있다. 이때 시인은 창조적 기지를 발휘하여 "무엇이/역사 위에서 파리를 죽게 했나?"고 묻는다. 그리고 그것을 마치 파리가 '역사'를 감추기 위해 피 흘리며 몸으로 막은 것으로 풍자한다. 관(官)에 의해 주도되는 '역사'가, 일정 부분 은폐의 속성을 견지하고 있음을 노래한 풍자 시편이 아닐 수 없다. 그렇게 시인은 "불온한 나의 양심은/오늘도 불온한 한 편의 시"(〈불온삐라〉)를 쓴다고 고백하면서, 그 '불온한 양심'이 대상에 대한 지극한 '사랑'의 변형임을 알려주는 것이다.

이러한 '사랑'의 시학은, 그의 세 번째 시집 《비보호 사랑》(1994)으로 이어진다. 그의 시편들을 두고 "시적 언어라기보다는 산문적인 언어를 과감하게 시의 언어로 차용, 평범한 일상을 비범한 시각으로 포착, 우리 앞에 내놓는다."(박용재, 《비보호 사랑》 해설)는 지적이 있었는데, 이러한 배상환 특유의 소통 지향의 언어가 '사랑'의 에너지를 결속하고 있는 것이 바로 그의 세 번째 시집이다. 다음 작품은 그 '사랑'의 한 정점을 보여준다.

당신께 다가가기 위해

기다리고 있습니다

당신 앞에 너무나도 자신만만하게

쌩쌩 달려나가는 사람들을 보면

솔직히 그들의 용기에 기가 죽습니다

그러나

급히 다가가지 않는다고

사랑이 식었다고는 생각지 마십시오

당신은 내게 너무나도 소중한 사람이기에

서둘러 다가가지 않습니다

모든 것이 정지되었을 때

내 당신께 다가가렵니다

가장 아름다운 당신이기에

가장 깨끗한 맑은 사랑을 바치렵니다

이제 곧

기다렸던 것만큼

참았던 것만큼

더 큰 사랑을 가지고

당신께 다가갈 것입니다

– 〈비보호 사랑〉 전문

'다가감'이 아닌 '기다림'의 사랑, 자신만만한 '용기'가 아닌 급하게 다가가지 않는 '기다림'의 사랑, 그 느리고 에둘러가는 '사랑'이야말로 "내게 너무나도 소중한 사람"을 대하는 유일하고도 최상의 '사랑'임을 시인은 노래한다. 그리고 "모든 것이 정지되었을 때" 다가가겠노라고 말하며 "가장 아름다운 당신"에게 어울리는 "가장 깨끗한 맑은 사랑"을 바치겠다고 한다. 이렇게 오랜 '기다림'과 '참음'으로 빚어진 그 '사랑'은, 이 세상 그 무엇보다도 "더 큰 사랑"이 되는 것이다.

이러한 지속적이고도 견고한 '사랑'의 마음은, "오! 언제까지/어둠과 슬픔의 진물은 흘러야 하고/어둠과 슬픔의 세상을 헤엄쳐야 합니까"(〈슬픈 크리스마스〉)라는 대상을 향한 짙은 페이소스(pathos)를 동반하기도 한다. 결국 우리는 배상환의 시편들이 '사랑'으로 수렴되는 세계임을 알게 된다.

3.

그의 네 번째 시집 《라스베가스 세탁일기》(2003)는, 시인이 1997년 미국 라스베가스로 이민을 떠난 후 겪은 그곳에서의 구체적인 생활을 담고 있다. 거기에는 시인의 아픈 내력과 그리움이 생생하게 담겨 있는데, 특별히 어머니에 대한 사랑과 그리움, 이국(異國) 생활에서 오는 외로움과 행복이 깊이 출렁이고 있다.

시인은 어머니를 그리워하며 "찬찬히 들여다본/당신의 얼굴/당신은

참 아름다운 여자입니다"(〈어머니〉)라고 노래하기도 하고, "차를 길가
에 세우고/눈을 감고/고국에 있는/그립고 보고 싶은 얼굴들을/그려봅
니다"(〈그냥 이대로〉)라면서 헤어져 있는 이들에 대한 깊은 그리움을
노래하기도 한다. 지극한 '사랑'을 가진 시인인지라, 외로움도 그리움
도 더욱 깊었을 것이다. 그래서 시인은 한편으로는 여유와 유머를 잃
지 않으면서도, 다른 한편으로는 지극한 외로움과 그리움을 토로하기
도 하는 것이다. 이를 두고 어떤 이는 "유머 감각이 뛰어난 배 선생도
때로는 절망한다."(조만호, 《라스베가스 세탁일기》 발문)고 말하기도
했다. 다음 작품은 이국 생활의 이러한 구체성을 아름답게 담고 있는
경우이다.

'에디'
참 귀여운 이름이죠?
'에디'는 우리 세탁소에 오는 손님 중
가장 키가 크고
가장 좋은 차를 타는
흑인 할아버지의 이름입니다
그는 세탁소에 오는 것을
큰 즐거움으로 생각하는 사람 같습니다
셔츠 한두 장을 가지고 와서도
오 분쯤은 뭐라 뭐라고 얘기하고 갑니다

오늘 아침엔

머리염색약이 묻은

셔츠 한 장을 가지고 와서는

십오 분쯤 얘기하다 갔습니다

상대방이 잘 알아듣지 못하는 줄

뻔히 알면서도 천천히 그리고 매우 진지하게

얘기하는 그의 모습에서

인간의 깊은 외로움을 읽을 수 있었습니다

하루 종일 그 생각으로 마음 아팠습니다

큰 키와 번쩍이는 차가

그를 더욱 외롭게 하는 것 같았습니다

– 〈에디〉 전문

　'에디'라는 귀여운 이름의 흑인 노인은, 시인이 운영하는 세탁소의 단골손님이다. 그는 외관으로만 보면, 키가 훤칠하게 크고 가장 좋은 차를 타고 다니는 성공한 사람이다. 세탁소에 오는 것을 즐거움으로 아는 에디는, 상대방이 잘 알아듣지 못하는 줄 알면서도 언제나 진지하게 말을 건넨다. 이러한 진지함 앞에서 시인은 문득 그의 외로움을 느끼게 된다. 에디가 은연중 시인에게 보인 "인간의 깊은 외로움"은, 시인으로 하여금 하루 종일 그 생각으로 마음이 아프게 하고, 에디의 "큰 키와 번쩍이는 차"가 오히려 그를 더욱 외롭게 하는 느낌마저 가져다준다.

당연히 이때의 '외로움'은 시인 자신의 것이기도 하다. 이국 생활에서 오는 외로움을 '에디'의 모습에서 은은하게 발견하는 시인의 눈은 이처럼 깊고 아름답다. 다음 작품 역시 얼마나 아름다운 시인의 심성을 드러내는가.

난 그저
깔끔하게 해 주려고
깨끗하게 해 주려고
아름답게 해 주려고
브라우스 가슴 쪽에
묻어 있는 듯한
붙어 있는 듯한
실 한 올을
쭉 – 잡아 당겼는데
고급 브라우스 하나를 망쳐
옷값
팔백육십 불을 물어주었습니다
세상에 이런 일도 있었습니다

— 〈세상에 이런 일이〉 전문

시인이 세탁소에서 저지른 우연한 실수 하나가, 이렇게 시인의 아름다운 마음을 증언하는 사건으로 몸을 바꾼다. 시인은 그저 깔끔하고 깨끗하고 아름답게 해 주려고 "브라우스 가슴 쪽에" 붙어 있는 실을 잡아당겼을 뿐인데, 이게 웬걸, "고급 브라우스"는 그대로 망가져버린 게 아닌가. 당연히 시인은 비싼 옷값을 변상한다. 지극한 선의(善意)가 우연한 실수로 이어진 사건을 담고 있는 이 시편은, 이국 생활에서의 만만찮은 어려움을 환기하기도 하지만, 여유와 유머로 "세상에 이런 일"을 극복해가는 시인의 따뜻한 마음을 보여주기도 한다.

이렇듯 라스베가스 세탁소에서 일어난 사건들과 생각들을 모아놓은 그의 네 번째 시집은, 고국과 인간에 대한 깊은 '그리움'의 노래로 감싸여 있다. 하지만 시인은 생의 허무나 비관에 자신을 내려놓지 않고, 궁극적 긍정으로 자신의 삶을 노래한다. 그 점에서 배상환은, 삶의 희망 쪽에서 '그리움'을 다스려 나가는 시인이라고 할 수 있을 것이다.

4.

시인이 음악교사였던 사실을 잊을 뻔했다. 원래 좋은 시는 모두 음악을 품고 있고, 좋은 음악은 모두 시를 품고 있는 것이다. 배상환의 아름다운 서정시들 역시 이러한 '소리'로서의 아름다움을 담고 있다. 라스베가스에서도 여전히 열정적인 음악 생활을 하고 있는 시인의 마음에 일고 있는 아름다운 선율과 언어 감각을, 독자들은 이번 시선집에서 한껏 느낄 수 있을 것이다.

나는 재작년과 작년에 두 차례 라스베가스에 들렀다. 그때 반갑게 만나준 시인은, 비록 10년 터울의 선배였지만, 생래적 겸손함으로 내게 자신의 삶의 모험과 행복에 대해 몇 차례 들려주었다. 10여 년 전, 무모할 정도의 결단이었다는 미국행(行)을 결행하고 나서도, 그는 그 고단하고도 외로웠을 이민 생활을 통해 여전히 '언어'와 '음악'과 '가족'에 대한 지극한 '사랑'을 이어가고 있었다. 그리고 고국과 인간에 대한 깊은 '그리움'을 언어와 음악 속에 담아가고 있었다. 이번 시선집에 발문 형식으로 참여하게 되어, 나 또한 그가 누리는 행복의 지분(持分)을 일정하게 전해 받는 것만 같다.

이제 배상환 시인은, 이번 시선집을 통해 20년이 훌쩍 넘은 시력(詩歷)을 정리하면서, 새로운 '언어'와 '음악'을 새롭게 꿈꿀 것이다. 지금처럼 건조한 시대에, 그의 서정시는 고전적이고 본래적인 것에 대해 성찰하는 일의 소중함을 알려줄 것이다.

인생론적 가치의 중요성을 전해주며, 삶이 앞으로만 나아가는 것이 아니라 끊임없이 '사랑'하고 '그리움'을 가지면서 머뭇대기도 하는 것이라는 점을 알려준다. 이러한 '사랑'과 '그리움'은, 배상환 시선집이 우리에게 넌지시 전해주는 메시지이기도 하다.

번역자의 글

사무엘 림 · 동국대학교 교수

배상환 선생님을 처음 만나게 된 것은 1987년 봄이었던 것으로 기억합니다. 당시 제가 다니고 있던 중학교의 음악 선생님이셨고 아마도 제가 학창 시절을 통해서 알게 된 선생님들 중에서 제일 재미있으셨던 분으로 기억합니다. 선생님의 수업이 즐거웠던 이유는 언제나 재미있는 농담이나 얘기를 해주시곤 했는데, 지금 다시 생각해 보면 중학교 1학년들에게는 적절하지 않은, 매우 농후한 농담도 있었다고 생각합니다. 어쨌든 선생님의 얘기는 재미있었고, 얘기를 참 잘 해주셨던 것으로 기억합니다.

그리고 그해 12월 저는 가족이민으로 캘리포니아의 글렌데일로 이사를 하게 되었습니다. 미국에서의 생활은 나름대로 즐거웠고, 한국에서의 기억은 조금씩 잊어버리게 되었습니다. 다행히도 가끔씩 편지를 주고받는 친구들이 몇 있었는데, 제가 캘리포니아로 이사한 지 몇 달 안 되어 친한 친구 한 명이 저에게 시집 한 권과 편지를 보내주었습니다. 친구는 예전의 음악 선생님이셨던 배 선생님이 시집을 출판하였다는 내용을 전해왔고, 그때 당시 선생님의 시집을 읽으면서 선생님이 예전에 수업 중에 해주셨던 얘기와 농담들, 그리고 굉장히 재미있는 분이 셨다는 사실과, 시가 너무 재미있어서 며칠 동안 웃음을 참지 못했던 추억이 기억에 남는군요.

그 후로 22년이 흐르고 선생님의 시집을 다시 읽게 되었을 때 당시 중학생이었던 제가 이해하지 못했던 글귀와 표현을 조금 더 자세히 이해하게 되었습니다, 혹시 영어로는 어떻게 들릴까 선생님의 시 몇 편을 영어로 번역해 보다가 선생님의 작품들을 영문으로 번역해 보고 싶은 동기를 받게 되어 이 일을 시작하게 되었습니다. 완벽한 번역은 없다는 사실을 읽는 분들에게 먼저 밝히고 싶고, 내용을 해치지 않는 선에서 영어로 최대한 비슷한 느낌이 오도록 번역해 보았습니다. 아무쪼록 읽는 분들께서 제가 중학교 시절 느꼈던 그 즐거움을 느껴보시기를 진심으로 기원합니다.

2010년 4월

6. 따로국밥도 끝에는 말아서 먹는다

- 음악시집, 좋은땅 출판사, 2020. 10. 27.

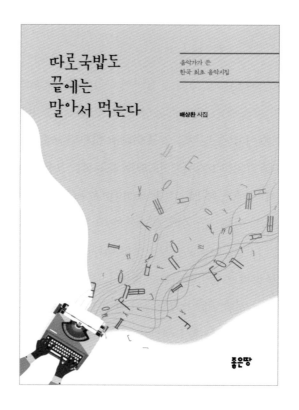

서문

나는 '시란 쓰지 않으면 죽을 것 같아서 쓴 글'이라고 생각한다. 그 죽을 것 같은 감정이 아름다움, 행복, 불행, 고독, 절망, 그리움, 외로움 등 어떤 것이든 간에 그것을 밖으로 표현하지 않으면 죽을 것 같기에, 그래서 살기 위해 쓴 것이 시라고 생각한다.

이번 시집에 수록된 46편의 시가 모두 그렇게 쓰였다는 것은 아니지만 그래도 한 편, 한 편 모두 심장의 박동에 귀 기울이며 썼다.

음악시란 우리의 청각을 울리는 아름다운 음악과 또 그것을 표현하는 행위와 그리고 그것이 만들어지는 음악 환경 전체를 소재로 쓴 시다.

부제 '음악가가 쓴 한국 최초 음악시집'이란 표현이 다소 쑥스럽고 심지어 사기꾼 같은 인상을 주지만 음악가들도 본업인 음악을 소재로 아름다운 시를 많이 썼으면 좋겠다.

음악시집 《따로국밥도 끝에는 말아서 먹는다》는 5악장(부)으로 구성되어 있다.

1악장은 〈음악저널〉 2016년 5~12월호에 발표한 '음악시' 8편, 2악장은 〈음악저널〉 1991년 3~12월호에 발표한 '이달의 시' 10편, 3악장은 시집 《학교는 오늘도 안녕하다》 등에 수록된 음악시 12편, 4악장은 일반시 15편 그리고 5악장은 합창 대본용 서사시다.

이것은 나의 여섯 번째 시집인 동시에 내가 쓴 열아홉 번째 책이다.

바쁘신 중에도 흔쾌히 발문을 써 주신 작곡가 이영조 교수님께 감사드리고 아내와 두 아들 부부 그리고 찬미(Alexis), 찬송(Skye), 찬우(Danny Jr.), 찬영(Colin), 찬희(Katelynn) 다섯 손주에게 나의 사랑을 전한다.

이 책이 코로나바이러스감염증-19로 인해 여러 가지 형태로 어려움에 있는 사람들에게 작으나마 위로가 되었으면 좋겠다.

이천이십년 시월
아름다운 라스베가스에서 배상환

생리현상으로서의 시

이영조 · 작곡가, 전 연세대학교 교수,
전 한국예술종합학교 음악원장, 한국문화예술교육진흥원 이사장

1.

내가 배상환 씨의 글을 처음 접한 것은 지금부터 30년 전인 1990년 가을, 한 음악 잡지에 실린 그의 평론 데뷔 글이다. 그는 그 글에서 당시 활동 중이던 한 중견 음악평론가의 음악 평론 방법을 분석하며 자신의 생각을 밝혔는데 당돌하다는 생각이 들기도 했지만, 글의 내용과 논리에 있어서는 공감할 수 있는 부분이 많았다. 나는 그 글을 대학원에서 학생들에게 음악평론과 관련된 수업을 할 때 가끔 소개하기도 했다.

1994년 가을 나는 한 음악 잡지와 인터뷰를 했는데 그때 배상환 씨를 처음 만났다. 그는 겸손한 자세와 절제된 언어로 인터뷰를 진행했으며, 편안한 분위기 속에서 명확한 질문과 대답을 잘 끌어냈다. 나는 아직도 그때의 즐거운 인터뷰를 기억하고 있다. 그 후 가끔씩 잡지에서 배상환 씨의 글을 읽었고 그리고 얼마 후 미국으로 이민 갔다는 얘기를 들었다.

2020년 7월 말 배상환 씨로부터 연락이 왔다. 인사말과 이십 년이 넘는 자신의 이민 생활에 대한 간단한 소개를 했고, 출판을 준비 중인 시집 원고를 보내며 내게 발문을 부탁했다.

이민 생활이라는 것이 살아 버티는 것만으로도 힘들 텐데 혼자서 문화원을 설립하고 합창단을 조직하고 지역신문 편집 일을 하고 그곳에서 자신의 시집, 칼럼집 등을 열 권 출간하고… 십여 년을 시카고에서 직접 이민 생활을 해 본 본인으로서는 그 열악한 한인 이민 사회에서의 이 모든 것이 놀랍고 신기하고 존경스럽기까지 했다.

작품 생활의 일에 쫓기다 보니 처음엔 발문 요청을 거절할 계획이었지만 그의 열정적인 삶의 모습을 보고 난 후에는 차마 거절할 수가 없었다. 오히려 그의 인간적인 매력에 빠져들어 갔다.

2.

배상환 씨의 시는 독자를 작품 속으로 끌어들이는 강한 흡입력을 가지고 있다. 그의 시는 어려운 단어로 독자를 혼란스럽게 하지 않아 친한 친구와 여행을 하는 듯 편안하고 쉽게 읽을 수 있다.

또 그의 시는 재미있다. 그의 시를 읽다 보면, 남의 시를 읽으며 이렇게 웃어도 되나? 하는 생각을 여러 번 하게 된다. 그런데 시를 읽을 땐 분명히 웃고 재미있었는데 다 읽고 나서는 가슴이 뭔가 찔린 듯 아프다. 남음이 짙다. 다섯 편의 시를 인용하며 그의 의식을 소개한다.

그의 시는 몸속에서 나올 수밖에 없는 생리현상으로서의 시이다.

〈피아노〉라는 시는 피아노 앞에 앉은 아이와 어른의 모습을 동시에 묘사하고 있다.

아이는 흰건반 위에서만 노는데 어른은 검은건반 속으로 들어가고, 아이는 눈앞에 보이는 것만 치며 즐거워하는데 어른은 모든 것을 치면서도 아쉬워하고, 아이는 피아노를 치며 희망을 생각하는데 어른은 피아노를 치며 죽음을 생각한다.

인생의 자연스러운 여정을 노래한다.

그의 시는 매우 섬세하다. 그리고 관찰적이다. 그의 시에는 일상을 가슴으로 껴안는 따뜻함이 있다.

〈모자르 음악학원〉이라는 시는 '모차르트 음악학원' 간판이 어쩌다 '트' 자가 떨어지고, '차' 자에 새가 똥을 싸 '자' 자가 된 것을 보고 쓴 시다. 시인은 글자가 떨어져 나간 간판을 보며 "그래 알겠다/ 이제 알겠다"고 한다. '모차르트'가 '모자르'로 바뀐 이유를 알겠다고 한다.

신동인 줄 알고/ 모차르트처럼 키우려 했던 그 아이/ 죽을힘을 다해 음악학원을 다녔던 그 아이/ 독일, 이태리, 미국 유

학까지 다녀온 그 아이/ 지금 백수가 되어 모자라는 사람이
되어/ 바보처럼 살고 있다

어머니의 절규가 들리는 듯하다.

이 시는 많은 젊은이가 어릴 때부터 음악을 죽어라고 공부하고서도 훌륭한 음악가가 되지 못하고, 당당한 사회인이 되지 못하여 백수로 지내는 오늘의 슬픈 현실을 풍자한 시다. 그런데 이 시가 쓰인 것이 30년 전인데도 불구하고 아직도 그 현상이 달라지지 않고 있으니 이 일을 어떻게 해야 할까?

이 시는 이렇게 끝난다.

차라리/ 옆집 아이도/ 그렇고/ 건너편 집 아이도/ 그러니/ 위
로가 된다

내 아이뿐만 아니라 옆집 아이도, 건너편 집 아이도 백수인 것이 차라리 다행이라는 어머니의 자조 섞인 말은 독자의 마음을 아프게 한다. 안타까운 현실이다.

시 〈난파 선생, 세레나데나 한 곡〉은 한국 서양음악의 선구자 홍난파 선생 추모 50주년이 모차르트 사망 150주년과 겹쳐진 것에 착안한 시

다. 시인은 난파 선생의 추모에는 관심이 없고 모차르트 행사에만 열중하는 오늘날 한국 음악가들의 행태를 신랄하게 비판하고 조롱하고 있다.

> 당신이 죽은 지 오십년이 되었건만/ 당신의 싸가지 없는 자식들은/ 당신 제사는 생각도 않고/ 모차르트 추모 행사에만 미쳐 날뛰니/ 올 제삿날은 아예 올 생각을 하지 마시라요

그는 이번에 "왜 시를 쓰는가?"라는 나의 질문에 이렇게 대답했다. "시란 쓰지 않으면 죽을 것 같아서 쓴 글이다. 나는 살기 위해 시를 쓴다."

모두가 모차르트 축제에서 음악을 즐기는데 그는 혼자서 속을 끓이며 세태를 한탄한다. 근대 사회에 적응하지 못하는 시인들을 일컫는 '저주받은 시인'이란 문학용어가 생각나는 순간이다.

> 봄바람이 불기도 전에 서울의 예술의전당에서는/ 전국의 교향악단들이 모여/ 모차르트 축제를 벌이는데/ 아, 얼마나 신바람 나게 노는지/ 모차르트 음악 그거/ 정말 기가 막히더구만요/ 어떤 놈은 지 에미가 죽었는지/ 훌쩍훌쩍 소리 내며 울지를 않나/ 어떤 놈은 일어나 박수치며 고함지르고/ 우린 그

저 옆에서 구경만 하면서/ 저것들이 당신 새끼인지 모차르
트 새끼인지/ 도저히 알 수가 없더구만요

그는 우리나라 음악계(결코 음악계뿐만이 아니지만)가 우리 것을 제
쳐 놓고 서양의 그것으로 완전 대체해 버린 수입문화 일변도에 따른 자
아 상실을 개탄한다. 우리 것이 없다는 이 개탄은 좁은 민족주의나 열
등감의 발로가 아니다. 예술은 나, 자아의 발로가 아닌가. 그는 우리의
것을 사랑하기에 그 상실을 아파한다.

배상환 씨의 표현은 거침이 없다. 가리지 않는 그의 표현은 오히려
독자로 하여금 카타르시스를 느끼게 한다. 시인은 끓어오르는 분노를
참지 못하고 가엾은 난파 선생까지 조롱한 후 마지막 연에서 또 한 번
능청스럽게 속삭인다.

난파 선생/ 이왕 이렇게 된 것/ 모차르트의 세레나데나 한 곡
들어 보실라요

'음악시'가 문학, 예술에 있어서 하나의 장르로 혹은, 하나의 양식으
로 자리 잡고 있는지 나는 솔직히 잘 알지 못한다. 그러나 그의 음악시
를 읽다 보면 음악이, 음악적인 환경이 시의 소재가 될 때 시너지효과
로 새로운 시의 감정이 확장될 수 있음을 느낀다.

음악이 시고 시가 곧 음악이다.

다음은 시 〈따로국밥도 끝에는 말아서 먹는다〉의 한 부분이다.

연주장 밖에는/ 남과 북 따로 따로/ 연주장 안에는/ 국악 양악 따로 따로/ 여당 야당 따로 따로/ 연주자 평론가 따로 따로/ 낙동강 따로 영산강 따로/ 순수음악 따로 대중음악 따로// 전경 따로 대학생 따로/ 국립 따로 민간 따로/ 마누라 따로 세컨드 따로/ 레슨비 따로 뇌물 따로/ 말 따로 행동 따로/ 방귀 뀐 놈 따로 똥 싸는 놈 따로/ 따로 따로 따로 따로/ 그저 그저 따로 따로/ 따따로따따로따따로따따로/ 따다다다다다다로로로로/ 따로국밥도 끝에는 말아서 먹는다

사람들은 따로 노는 것을 참 좋아한다. 사람들은 이제 나뉘고 찢어져서 서로 흉보는 것을 즐기는 듯하다.

시인은 이 시를 통해 우리의 모든 현실이 하나로 합쳐지기를 소망한다. 따로국밥도 처음엔 국과 밥이 따로 나오지만 끝에는 말아서 먹는다. 그것이 국밥의 참맛이다.

배상환 씨의 모든 시가 우리 사회의 민낯을 드러내는 것은 아니다. 그는 자연과 사랑과 예술과 가족과 일상의 모든 것을 사랑한다.

시 〈스프링 소나타〉는 무대를 아는 음악가만이 쓸 수 있는 아름다운 음악시다.

> 그 여자/ 손끝에서/ 풀냄새가 난다// 그 여자/ 머리카락에서/
> 꽃향기가 난다// 바이올린을 빠져나온 선율은/ 목련의 꽃망
> 울을 간지럽히고/ 무대 위엔 나비가 가득하다

음악시인 배상환 씨가 꿈꾸는 세상은 꽃이 있고 나비가 가득한 세상이다.

제Ⅱ부

컬
럼
집

1. 라스베가스 문화일기

- 컬럼집, 보고사, 2005. 11. 11.

시집《라스베가스 세탁일기》에 이어 나의 열 번째 책을 내놓는다.

지금까지 썼던 책들을 살펴보면 이건 완전히 짬뽕이다.

시집, 산문집, 비평집, 작곡집, 편곡집 별게 다 있다.

그러니 당연히 깊이는 없을 게다.

난 깊이 없는 내 글이 좋다.

쓸데없이 깊다가는 그 속에 빠져 헤매다가 인생 끝내기 꼭 알맞다.

올해는 라스베가스 도시 100주년이 되는 해이다.

사람들이 라스베가스에 대해 좀 좋은 이미지를 가졌으면 좋겠다.

저마다 자기가 돈 따려다 돈 잃고서는 도시만 욕하고 돌아간다.

여기서 사는 우리는 도대체 어쩌란 말인가?

나는 아직도 어머니 생각만 하면 눈물이 난다.

* 이 책 1, 2부에 실린 글들은 2003년 9월부터 2005년 5월까지 본인이
   라스베가스 지역신문 〈코리아 포스트〉의 편집위원으로 있으면서

쓴 '오늘의 컬럼' 중 일부이며, 3부는 한국의 〈음악저널〉, LA에서 발행되던 〈코리아나 뉴스〉, 라스베가스 〈한인 신문〉, 라스베가스 〈한인회보〉 등에 게재한 글이다.

이천오년 십일월
라스베가스에서 배상환

"와서, 아름다웠더라고 말하라!"

양국현 · 독일 뷔르츠부르크대학 철학 박사

'배 선생님'은 나의 친구이다. 우리는 20대 중반에 만나 서로 '선생님'의 호칭을 썼다. 생각하면, 그 나이에 왜 그랬을까 싶어서 우습기도 하다. 우리는 간혹 저녁 늦게까지 막걸리를 제법 마시기도 했는데도 말이다. 우리는 서로 이야기가 잘 통했고, 그것도 어설픈 나의 진지함보다는, 그의 솟아나듯 풀어내는 이야기에 나는 귀만 열어놓고 있으면 되는 그런 모습이었다. 그것이 개인사이든 재미있는 이야기이든 말이다. 그렇다고 그가 수다스럽다는 것은 아니다. 그의 엉뚱함에 나는 웃음을 그칠 수가 없었고, 그의 끼에 쓸데없는 염려를 하기도 했고, 자신을 다 내어주는 그의 배려에 나는 항상 고마워했다.

스스로를 잡초라고 하였으나, 그가 이루어내는 매일매일의 성취는 상상을 초월하였다. 그에게는 불가능이 없어 보일 지경이었다. 항상 그는 생산해내었다. 생활, 학업에서 그리고 예술적인 활동과 평론 등의 일에서 말이다. 그래서 그의 이력은 길고 아직도 진행 중이다.

"아름다운 사람은 머문 자리도 아름답습니다."(Page18) 누구나 다 아는 이 말을 화장실에서 발견하고 그는 무척 놀랐나 보다.

라스베가스의 한국사람인 배상환은 라스베가스에 있는 한인들이 모두 아름다운 사람이기를 간절히 원한다. 그는 스스로 자기 할 일을 택하고 행해 간다. 예를 들어서 칼럼을 쓰고, 노래를 부르며 인생을 문화적으로 공유하고자 한다. 누구에 의해서도 아니고, 그 일 이외의 외적인 목적이 있어서도 아니다. 그저 할 뿐이다. 그것도 한인만이 아니라 중국인과 일본인 그리고 라스베가스의 모든 사람이 함께 아름답자고 한다. 이 아름다움의 기준은 대단히 높은데, 그것은 천상병 시인이 보여준 천상(天上)의 아름다움이다.

배상환은 꿈꾸는 사람이다. 그것도 마지막을 말이다. 천상병 시인의 고통을 생각하며, 오히려 그의 가난한 시인의 삶을 함께하고 싶어 한다. 그의 추구하는 바는 지금의 돈도 명예도 아니다. 그는 신앙과 공동체 정신 그리고 재미와 문화를 찾는다. 그리고 먼 후일 그곳이 한국이든 천국이든 가서 아름다웠더라고 말하고 싶어 할 뿐이다. 이것이 그로 하여금 '문화일기'를 계속 쓰게 하는 힘이며 그의 성실과 창조력의 원천이다.

배상환은 이런 사람이다. "저는 저 자신을 학대하는 버릇이 있습니다. 저 자신이 한가롭고 평안히 있는 것을 저 스스로 용납하지 못하는 고약한 버릇이 있습니다. 뭔가 움직여야 하고, 목적을 향해 달려가야만 살아 있는 것으로 생각하는 참으로 피곤한 버릇이 제게 있습니다"(Page108). 그의 이 피곤한 습관이 결국 오늘까지 10권의 책을 쓰게 했다.

배상환은 어느 덕목보다도 재미를 갖고 있는 사람이다. 그는 시인이자 평론가이지만, 그에 앞서서 재담가였다.

배상환의 글쓰기는 항상 자기의 이야기이다. "저는 가능하면 남에 관한 이야기를 쓰지 않고 제 자신에 관한 이야기를 중심으로 글을 쓰려고 노력합니다"(Page182). 그도 남의 이야기를 한다. 그러나 부정적인 내용을 이야기하려는 것이 아니라, 새로운 긍정을 제안할 수 있는 비판을 이야기할 수 있는 한에서 그러하다.

그는 자신의 글을 비판할 것을 요청한다. "비판은 학문이고 불평이나 빈정거림은 습관이다."(Page183) 학문은 무엇인가? 이렇게 되면 임마누엘 칸트의 생각과 만나게 된다. 그는 이성비판을 하였다. 그것이 학(學)이다. 우리의 논의는 비판이란 무엇인가로 가야 할 것이다. "가능과 한계를 연구하는 것"(칸트의《순수이성비판》)이다. 그 연구에 의해서 형이상학 즉 학문이 가능하다. 이것이 서양 근대철학의 체계학문 성립의 성과이다. 그러고 보니 비판이 학문이라는 그의 말은 퍽이나 철학적인 전통에 근거를 둔 발언이다. 배상환의 이상은 건전한 비판을 통하여 성숙한 사회를 이루고자 한다. 그래서 그 성숙의 척도는 아기 고추나 뾰루지와는 다른 것이다.(Page180) 그것들은 전혀 이성적이지 않고 비판적인 접근에 대해 그저 성만 낼 따름이기 때문이다.

함께 공유하던 세계에 대해 부정적인 언어가 사용되기 시작하면 세계의 긍정성과 아름다움이 사라지고 파괴와 상처의 행위가 빈번해진다. 사람 사는 곳 어디에서나 그렇지만, 유감스럽게도 라스베가스의 한인사회에도 가끔씩 그런 일들이 생기는가 보다.

배상환이 사쿠라라니?(Page22) 그는 부지런하고 솔직하며 많은 이들에게 잘하고자 한다. 그것이 편을 이루기를 원하는 이들에게 불만의 소지를 제공하였는가 보다. 정치를 하려면 '편파적인' 정당이 있어야겠으나, 그가 문화인으로서 라스베가스에서 사는 한 그는 정치적이거나 경제적인 이익을 위해 어느 한 편에 있을 수 없다. 그러한 삶은 단편적이고 단면적인 삶이다. 문화는 보편적인 것이다. 문화는 누구만을 위한 것이 아니라 모두를 위한 것이다. 내가 아는 한 그는 바른 신앙인이며 충실한 문화인이다.

배상환은 외로움의 병이 있다. 오래된 병이다. 그는 자꾸만 자기가 외롭단다. 이전의 감수성에 의한 외로움보다 이제는 한국을 떠난 이의 향수를 이야기한다. 나도 외국에서 비행기만 보면 그랬었다. 텔레비전에 비행기만 보여도 그랬다. 현재 그의 마음은 그리움으로 가득 차 있다. 그러나 그는 외로워서 죽지는 않는다. 시들어가지도 않는다. 그러기에 그에게 있어 외로움은 오히려 자기세계의 확인이다. 자기 세계로의 들어감이다. 공부하려면 심심해야 한다. 자기 일을 하려면 외로워야 한다. 자기 안에서 세계를 새롭게 보고자 한다. 그래야 세상을 살 수 있다. 그의 삶이 바쁜 이유는 자기세계에서의 자각에서 비롯된다. 그의 삶은 외로움의 자각에서 이루어지는 것이다. 거기다 외로움은 그의 감수성이다. '해바라기'의 노래를 듣고 외로움에 공감되어 울 수 있다면, 기뻐해도 좋겠다. 우리는 이제 중년이니까. 그런데 우리 외로워도 되나요? 외로운 그가 하나도 불쌍하지 않다.

지금은 양심불량시대?(Page41) 양심은 좋은 것이지만, 유감스럽게도 항상 부정적인 면이 수반된다. 그래서 양심불량도 있다. 양심! 얼마나 높은 가치인가? 너무나 높다. 생각만 해도 힘들다. 불량이 너무나 당연하고 어쩌면 자연스럽다. 물론 배상환의 취지는 제대로 살자는 것이다. 남에게 피해 주지 말고, 즉 공짜로 살려 하지 말고, 자기 힘으로 정직하게 살아가자는 것이다. 개인의 그리고 공동체의 근본덕목이다. 거짓말은 안 된다. 비이성적인 판단과 행위는 있을 수 없다.

리더?(Page76) 리더는 어디에 있는가? 배상환에게 있어 리더는 언제나 비판의 대상이다. 리더가 잘못되면 그 집단이 한순간에 나쁘게 된다는 것을 그가 알고 있기 때문이다. 리더는 집단과 그 집단구성원이 자기의 힘으로는 스스로 설 수 없거나, 탁월하지 못하거나 혹은 협력을 못한다고 생각될 때 제시되는 대안이다. 아니면 집단의 구성원들이 스스로 집단이어야 하는 것에 대한 의식이 부족할 때 그것을 깨우쳐주고, 솔선하고 경우에 따라서는 자기를 희생해야 하는 고귀한 위치이고 그래서 고달픈 지위이다. 그러나 현실에 있어 대부분의 리더들이 리더가 되기 이전과 이후의 모습이 다르다. 고달픈 표정이 더 이상 발견되지 않는다. 어쩌면 그의 고달픔은 리더가 되고 싶어 하는 고달픔이었는지도 모른다. 간혹 좋은 리더들이 있었다. 우리는 그들을 성인이라고 부른다. 그들은 모두 근원의 세계에서 이야기하였다. 그 이외는 모두 위(僞)성인이다. 그리고 좋은 리더들은 원래의 취지나 이념 즉 미리 고정된 길에 집착이 아니라, 모색과 개별적인 구성원에 대한 깊은 배려로 각자가 자기의 최선의 상태에 도달하게 하여주는 헌신이 주된 모습이었다.

어디 좋은 리더가 없을까? 리더에 대한 염려로부터 배상환을 자유롭게 해 줄 수 없을까?

그의 첫 번째 시집 《학교는 오늘도 안녕하다》의 발문에 배상환의 유머가 "현실을 나름대로 껴안으려는 사랑"이라고 설명되었다. 그의 가장 유명한 시 〈똥〉(Page212)에서 누구나 힘을 줄 수 있다는 점은 동의하지만 없는 놈의 것은 웰빙식품이었던 것을 상기시켜 주어야 할 것 같다. 단순히 그가 더 많은 섬유질을 섭취했다는 점에서 말이다. 아마도 힘은 있는 놈이 더 써야 할 것이다. 그가 흰밥과 기름진 고기를 많이 먹었다면 말이다. 그런데 없는 놈은 벽은 왜 노려보고, 힘은 왜 쓸쓸히 준단 말인가? 화장실에서 외로운 사람 있나? 혹은 외로울 새가 있는 사람이 있는가? 그저 앉아서 생명줄을 이어가면 되지. 나는 지금 배상환의 유머에 또 한 번 웃자고 시비를 걸고 있는 셈이다. 숭산 스님의 선문답집: 오직 할 뿐.

삶의 성실한 멀티플레이어인 배상환은 모든 것을 문화의 이름으로 행하고자 한다. 있는 것은 오직 자연과 문화뿐이다. "신이 창조한 모든 산과 바다 등의 자연 말고는 모두 문화입니다"(Page205). "신이 자연을 창조하였다면 인간은 문화를 만들어냈습니다." "자연의 힘이 아무리 강하다고 해도 자연은 두려움의 대상이 아닌 우리의 활용의 대상입니다." 이 정도면 신과 인간이 흡사 동등한 것처럼 보인다. 특히 인간의 존엄을 이야기한 르네상스의 정신문화나 인간의 이성을 강조한 서양 근대사유에서의 사상과도 유사한 느낌을 받게 된다. 그러나 배상환의 자연과 문화의 상관관계는 매우 다르다. 신이 인간에게 허락한 생명과 자연을 최대로 즐겁고 아름답게 활용하며 사는 것이 신을 기쁘게 하는 것이라고 그는 확고히 믿고 있다.

문화는 생활이다. 물론 각론에서의 문화는 음악이고 책이고 연극이다. 그러나 실제의 문화행위들이 그것이 한국에서이든 라스베가스에서이건 간에 경제적, 시간적 문제에서부터, 사회구성원의 이해와 공감대를 이루어내야 한다는 점에서 대단히 어려울 수밖에 없다. 그에 대해 그는 하나님의 은혜로 자신은 잡놈(?)처럼 다방면의 삶을 동시에 살게 되었고, 그것을 피할 수 없는 사명감으로 행한다는 것이다. 당연히 취미생활을 넘어 거의 소명의식을 갖고 있는 것이다. "문화운동은 삶의 질을 높이는 운동입니다. … 어떻게 사느냐를 생각하는 것이 문화의 시작입니다." 이것이 종교와 문화의 철저한 수행자로서의 배상환이 감당해야 할 의자인지도 모르겠다.

그는 특히 라스베가스에 대한 왜곡된 시각에 대해 안타깝게 생각하며 그곳 한인들이 좋은 문화를 통하여 모두가 아름답게 살아가기를 소망하고 있다. 그러면서도 그는 자신의 일들이 스스로에게는 그리 행복하지 않은 작업임을 고백한다. 그것이 그가 쓰고 있는 칼럼과 행하는 문화일기이다. 사람들은 그의 문화활동일지를 보면 어리둥절할 것이다. 그가 라스베가스에 가서, 가정사와 생업 이외에, 즉 문화활동으로 한 일로 스스로 적은 것만 열 가지이다. 그는 아직도 그 일들을 계속하고 있다.

배상환은 한국에 없다. 그것은 그가 미국의 라스베가스에 가 있기 때문이다. 배상환의 이민에는 홍신자의 말이 결정적이었다는 것이 본인의 말이다(Page251). "배가 항구에 정박해 있을 때는 안전하다. 그러나 배는 항구에 있자고 있는 것이 아니다'를 읽는 순간 그래! 떠나자. 출항! 출항이다." 여기서 우리는 그가 자신을 배로 생각했던 것을 확인할 수 있다. 성씨의 배와 운송도구로서의 배를 혼동하였는가?

얼마 전의 통화에서 그는 그곳에서 할 일이 많으니 거기에 있겠단다. 그러나 항구를 떠난 배는 언제라도 위태로움에 빠질 수 있다. 이제는 우리가 그를 구해야 한다. 배상환을 "생환"시키자. 그는 천상병 시인의 〈귀천〉을 빌려 한국에 오고 싶음을 이야기하고 있다. "나 내 나라로 돌아가리라. … 이 이민생활 끝내는 날 가서 아름다웠더라고 말하리라, 라고 노래할 수 있었으면 참 좋겠습니다"(Page270). 오고 싶단다. 우리는 그가 필요하다. 그를 불러서 이민생활이 어떠했느냐고 물어보자. 지금 그는 그 물음을 자신에게 던지며 답을 준비하고 있다. 그것이 그의 문화이다.

2. 라스베가스 찬가

　- 컬럼집, 오늘의문학사, 2008. 12. 10.

서문

2006년 8월 19일부터 2007년 12월 14일까지 라스베가스 지역신문 〈라스베가스 타임즈〉 '오늘의 컬럼'에 썼던 글 모음이다.

이 책을 나의 사랑하는 찬미(Alexis Bae), 찬송(Skye Bae) 두 손녀와 라스베가스에 사는 모든 한인에게 바친다.

이천팔년 십이월

라스베가스에서 배상환

은기수 · 서울대학교 국제대학원 교수

라스베가스는 축복받은 도시다.

'항구에 정박한 배는 안전하지만, 배는 항구에 정박하라고 있는 것이 아니다.'라는 글을 읽고 사십 대 중반에 미국 이민을 결행한 배상환 선생. 이십 년 전 그의 첫 시집 《학교는 오늘도 안녕하다》를 통해 그의 삶의 열정을 알기에, 분명 그가 지키고 있는 라스베가스는 오늘도 안녕하리라.

제한된 지면과 정해진 시간 안에서 그 사회가 직면한 다양한 문제를 주관적으로 표현하는 신문 칼럼은 참으로 힘든 작업이다. 그러나 그는 이미 한국에서 시인, 음악평론가, 합창지휘자, 교사, 연극배우 등의 다양한 삶을 경험하였기에 모든 것이 수월해 보인다.

그의 글은 언제나 따뜻하고 부드럽고 물이 흐르듯 자연스럽다. 어떠한 상황 앞에서도 언제나 긍정적이다. 결국 이것은 그의 마음속에 넘치는 인간에 대한 사랑이다.

칼럼집 《라스베가스 찬가》는 이민 사회 속에서 살아가는 한 지식인의 기쁨과 고뇌, 염려와 희망, 유머가 고스란히 담겨져 있어 읽는 이로

하여금 마음의 따뜻함과 여유를 갖게 하기에 충분하다. 어떤 글들은 평생을 두고 웃을 만하다.

《라스베가스 세탁일기》,《라스베가스 문화일기》,《라스베가스 찬가》로 이어지는 배상환 선생의 라스베가스 사랑이 있기에 라스베가스는 분명 축복받은 도시다.

이규식 · 한남대학교 교수, 문학평론가

라스베가스에서 배상환 시인은 오아시스와 같은 존재다. 사막 한복판에 세워진 즐거운 소비도시에서 작은 거인처럼 끊임없이 문화의 씨앗을 뿌리고 손수 김을 매고 소박하나마 알찬 수확을 거두고 있다.

일선 교육 현장에서 음악평론과 합창지휘에 헌신하였으며 연극무대에서도 재능을 발휘했다. 그리고 꼭 20년 전 초대형 베스트셀러 시집이었던 《학교는 오늘도 안녕하다》의 시인으로 날카로운 비판의식과 섬세한 감성을 녹여 부은 그의 시는 지금에 이르러 더 넓은 공감과 여운을 준다.

1997년 미국 이민 이후 라스베가스 교민신문에 오랫동안 컬럼을 연재하면서 보여주었던 올곧은 선비의식과 문화를 실천하는 활동적인 소양은 라스베가스의 화려한 불빛보다 더 웅숭깊어 보인다. 배상환 시인이 톺아보는 세상과 사랑 이야기, 《라스베가스 찬가》에서 그의 따뜻한 긍정의 시선, 나지막하지만 깊은 울림의 담론을 만나 보시기 바란다.

일흔 살 스무 권, 서문과 발문

3. 그리운 곳은 멀고 머문 곳은 낯설다

- 컬럼집, 상상과열정, 2012. 12. 30.

희망과 가능성과 행복

최경송 · Ph. D., LA 거주

　시인 배상환 님의 라스베가스에 대한 사랑은 각별하다. 내놓은 책마다 제목에는 반드시 라스베가스가 등장한다는 사실이 이를 입증해주고 있다.

　세계적으로 이름난 이 도시의 화려한 불빛은 아름다움을 넘어 신비에 가까울 정도다. 도박이라는 이미지 때문에 다소 억울한 오해를 받고 있지만, 사실 그 지역을 잠시 떠나 조금만 외곽으로 발길을 돌리면 도시 자체가 예술품이라는 인상을 지을 수 없을 만큼 아름답다. 이런 명품 도시에 그가 살고 있다는 사실은 이 도시의 품격이 완성되었음을 보여준다. 외형뿐만 아니라 거기에 걸맞는 내용이 존재하고 있기 때문이다. 누가 사느냐에 따라 도시의 위상이 달라질 수 있다는 사실을 여실히 보여준다는 점에서 라스베가스는 정말 환상적인 도시임에 틀림없다.

　그가 이번에 내놓는 글들은 이 도시에 거주하는 이민 동포들에게 주는 사랑의 기록들이다. 글들은 하나같이 모두 주옥같아서 어느 하나라도 버리기가 아깝고 소중하다. 글의 테마는 실로 다양하다. 시면 시, 음악이면 음악, 시사문제면 시사, 기타 일상에서 일어나는 모든 문제를 구석구석까지, 그것도 입체적으로 묘사하고 있다. 때론 해학적으로, 때론 엄숙하게, 때론 다정하게 다가오는 이 글들은 그냥 오지 않고 반드시 지식의 전달과 함께 지혜도 가져다준다.

웃기다가 울리다가 끝내는 깊은 메시지에 숙연히 귀를 기울이게 만들어 읽는 이가 어느새 글의 아름다움에 취하게 해준다. 이처럼 이번의 글은 단순한 컬럼이 아니라 원숙한 경지에 이른 작품이라 감히 평할 수 있겠다.

그는 문객으로서 또 음악인으로서 이론과 실제가 상당부분 일치하는 사람이다. 그는 일반인들이 꿈꾸는 그런 이상적인 삶을 살고 있다. 언젠가 그는 "나는 사는 게 너무 즐겁고 행복해요, 정말이에요"라고 말한 적이 있다.

우리가 어려움을 견디며 하루하루 사는 것은 궁극적으로 행복을 얻기 위함이라는 것을 생각할 때 이처럼 현실 속에 이상을 끌어다 조율을 시키며 사는 사람이 얼마나 되겠는가!

그의 가족관계는 한 마디로 최상급이라 할 만하다. 본인은 물론 두 아들들도 단지 겉모양의 성공이 아니라 삶의 질에 있어서 모두 대성한 케이스들이다. 사람 좋은 그의 아내는 늘 잔잔한 미소로 남편을 이해하고 사랑하며 최선을 다해 돕는 현모양처다. 한마디로 오늘날 세대에 귀감이 되는 가족인 셈이다. 가정의 화목과 안정은 그로 하여금 동포

사회를 위한 대외봉사에 참으로 헌신적이며 열정적이게 해준다. 본인 자신도 눈코 뜰 새 없이 바쁜 상황임에도 불구하고 그는 소속된 사회를 위해 자신을 송두리째 내바치고 있는 것이다. 〈라스베가스 타임스〉의 편집장, 고문으로 매주 기름진 양식의 컬럼을 쓰고 있을 뿐 아니라, 라스베가스 서울문화원 원장, 서울합창단 지휘자, 더 나아가 오랫동안 중국인 합창단 지도, 일본인 합창단 지도, 그리고 최근에는 '화요 시 하나, 곡 하나'라는 모임까지 주관하고 있는데, 하는 일마다 건성이 아니라 모두 토란처럼 알차다.

그는 봉사 자체를 크나큰 즐거움으로 삼고 있는 사람이다. 내가 보기에 그의 봉사에 참여하는 사람들은 한결같이 그를 메마른 사막의 오아시스로 여기고 있는 듯했다. 물론 그의 기쁨과 행복은 거저 온 것이 아니다. 마치 한 마리 백조가 그 고상한 자태를 유지하기 위해 수면 아래 두 발을 부지런히 움직이는 것처럼 오늘의 그를 있게 한 것은 그의 성실함과 부지런함과 삶에 대한 열정이다. 그것을 바탕으로 그는 이민 생활을 성공으로 이끈 사람이다. 하지만 그도 인간이고 시와 글을 쓰며 음악을 사랑하는 사람인데 왜 외로움이 없었겠는가. 그가 한 인간으로서 느끼던 고독과 외로움은 글 속에 얼핏얼핏 나타난다. 어느 날 그는 드라이브 스루 세차장에서 차에 앉아 있으면 자동으로 세차가 되는 그 몇 분 동안의 자기만의 공간에서 편안함과 해방감을 느끼며 미칠 듯 기뻐한다. 고달픈 이민의 삶을 최선을 다해 살아온 사람이라면 이 말이 무슨 뜻인지 이해할 것이다.

또 하나. 어느 해 '파더스 데이', 가족들의 동의를 '선물'로 얻어, 그는 가족과 일터를 떠나 혼자만의 여행을 떠난다. 일생일대의 자유를 만끽하는 2박 3일의 묻지 마 여행. 호텔방에 홀로 앉아 그동안 아무 데고, 심지어는 영수증 같은 데 써 두었던 삶의 편린들을 꺼내 정리하기 시작한다. 이민 생활의 어려움 속에서 쓴 글들이라 아픈 글들이 많았다. 지나온 시절을 생각하다 그가 침대에 얼굴을 묻고 외로움에 떨며 슬피 우는 모습은 읽는 이를 한없이 안타깝게 한다. 창밖에 가족끼리 모여 담소하는 사람들을 보며 그는 문득 부모, 형제, 가족에 대한 그리움이 사무친다. 그는 결국 떠나온 지 불과 몇 시간 만에 가족들을 불러 함께 시간을 보내게 된다. 그는 이렇게 외로움과 그리움이 가슴 깊이 내재된 사람이다. 그의 글에 다정함과 따스함과 보살핌이 깊게 스며있지만, 그게 전부는 아니다. 그는 때로 한 손에 회초리를 든 바른 스승의 추상 같은 모습도 보인다. 그릇된 것에 대해서는 신랄한 비판의 칼날을 들이대는 단호함이 있는 것이다. 비판의 대상은 대통령에서부터 성직자, 교회 그리고 사회 제반 문제에 이르기까지 다양하다. 그러나 그 칼날은 해학과 재치와 유머 그리고 겸손과 정직과 진심으로 만들어져 있기 때문에 사람들은 그 칼을 맞고도 오히려 행복한 느낌을 가질 수 있다. 파헤쳐진 상처를 그대로 두지 않고 반드시 다시 꿰매주는 사랑을 보여주기 때문이다. 그의 말과 행동에는 혼탁한 세상을 올바른 길로 이끌고, 그릇된 것을 바로잡으려는 속 깊은 스승 같은 사랑이 배경으로 자리 잡고 있는 것이다. 지금은 완쾌된 상태지만 한때 갑상선암에 걸려

투병하면서도 그는 늘 낙천적이고 긍정적이었다. 글의 행간에 숨겨있는 춘철살인의 교훈들은 읽는 이의 삶을 되돌아보게 하는 독특한 힘을 지니고 있는데, 그 강하고 무거울 수 있는 주제조차도 부드럽고, 다소 유머러스하게 표현함으로써 힘겨운 세상에서 후회와 자책보다는 희망과 가능성을 갖게 해준다. 이 모든 것들이 그런 삶의 철학에서 나온 것이 아닌가 싶다. 그래서인지 그의 글을 읽다 보면 청량감마저 든다. 나는 맨 처음 그의 저서들을 변기 위에서 읽었다. 마치 로댕의 생각하는 사람처럼 앉아 그의 글을 읽을 때 노폐물뿐만 아니라 마음마저 정화되는 느낌을 받게 되었던 것이다. 독자들도 나처럼 처음부터 끝까지 행복을 만끽할 것으로 믿는다.

4. 라스베가스의 불빛은 아직도 어둡다

- 컬럼집, 책나무출판사, 2015. 6. 30.

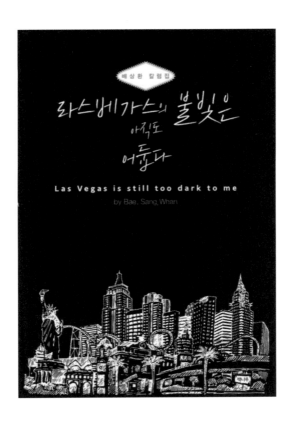

서문

2013년 11월에 창간된 미주 주간 한글 신문 〈베가스 한미 뉴스〉의 편집장 칼럼을 책으로 묶습니다. 《라스베가스 문화일기》(2005년), 《라스베가스 찬가》(2008년), 《그리운 곳은 멀고 머문 곳은 낯설다》(2012년)를 잇는 네 번째 칼럼집이며, 제 개인의 열다섯 번째 책이기도 합니다.

이민! 참으로 쉽지 않은 생활입니다. 언제나 불안하고 불편하며, 뭔가 큰 것을 하나 잃고 사는 듯한 공허한 생활의 연속입니다. 국내에서 사는 한국인들이 툭하면 "에잇! 이민이나 가야겠다."라고 하는데, 그런 말 함부로 하지 않았으면 좋겠습니다. 이민 생활 그렇게 호락호락하지 않습니다. 외롭고 힘든 사람끼리 기대고 위로하기 위해 신문을 만들고 글을 씁니다만 글쎄……, 그것이 얼마나 도움이 되는지는 모르겠습니다.

좋은 이민 사회를 만들기 위해 서로 협력하고 노력하고 있는 라스베가스 모든 한인 동포와 특히 〈베가스 한미 뉴스〉 김부자 발행인께 이 기회를 빌려 감사의 마음을 전하며, 사랑하는 아내와 정성껏 효도하는 두 아들 내외와 다섯 손주 찬미(Alexis Bae), 찬송(Skye Bae), 찬우 (Danny Jr. Bae), 찬영(Colin Bae), 찬희(Katelynn Bae)에게 다시 한번 사랑을 전합니다. 발문을 흔쾌히 써 준 최용현 수필가와 출판을 강권해 준 우경건설 대표이사 노윤근 두 오랜 친구에게도 감사를 전합니다.

2015년 6월

라스베가스에서 배상환

다양한 스펙트럼으로 발현하는 지식 정보의 산책
-《라스베가스의 불빛은 아직도 어둡다》를 읽고 -

최용현·수필가

그와 45년 만에 전화 통화를 했다.

저자 배상환은 나와 중학교를 함께 다닌 친구이다. 중학교를 졸업한 지 45년 만에 그와 전화 통화를 했다.

그를 생각하면 예지(銳智)로 반짝이는 초롱초롱한 눈매가 가장 먼저 떠오른다. 그가 보내 준 〈베가스 한미 뉴스〉 연재 칼럼 52편을 며칠 동안 출퇴근길 지하철에서 읽었다. 중학교를 함께 졸업한 동급생 420명 중에서 그와 내가 유이(唯二)하게 글을 쓰는 동업자라는 사실 때문이었을까. 그의 글을 읽으면서 그와 떨어져 있던 45년의 궤적을 더듬어 볼 수 있었다. 그리고 그에게서 동질감을 느꼈다. 비교적 쉬운 어휘와 문체, 생활 가까이에 있는 소재들이어서 편안하게 읽을 수 있었다. 비슷한 일을 해 봐서 그런 걸까. 그가 글을 풀어 가고 해법을 도출하는 패러다임도 낯설지 않았고 친근감이 들었다. 또 칼럼은 계속 쓰다 보면 자기도 모르게 자아도취나 현학(衒學), 지적 유희로 빠져들기 쉬운데, 그런 점도 보이지 않았다. 음악에서 출발하여 연극, 시, 산문, 칼럼 등 다양한 스펙트럼으로 발현하는 그의 지식 정보의 산책 행로를 함께 향

유할 수 있었다.

   그는 음악가이다.

   그는 중등학교 음악 교사 출신으로 합창단 지휘자, 음악지 편집위원, 음악평론가 등 다양한 음악 활동을 해 온 음악이다. 그리고 《커피 칸타타》 등 음악에 관한 여러 산문집과 편곡집, 작곡집, 비평집도 내는 등 왕성한 저술 활동도 했다. 이렇게 그의 예술 활동의 근간은 음악이다. 그가 쓰는 다양한 장르의 글 저변에는 음악적인 요소가 깔려 있다. 그의 음악적 소신에 위해(危害)가 가해질 때는 날이 선 칼날을 내보이기도 한다.

> 저는 저희 신문 2월 14일 자에 "아빠 힘내세요"라는 제목의 칼럼을 쓴 적이 있습니다. 한국의 문화체육관광부가 온 국민이 즐겨 부르는 이 동요를 '경제활동은 남성인 아빠가 담당하고 가사 노동은 여성인 엄마가 담당해야 한다는 성별 고정 관념을 심어 줄 가능성이 크다'는 이유로 남녀 차별이 심각한 유해 가요로 분류한 것에 화가 나서 쓴 글이었습니다.
>
>   – 〈어린이 동요대회〉 중에서

   또, 그가 음악 학도였기에 우리가 일상 속에서 쉽게 접하고 넘어가게 되는 동요의 한 부분도 그에겐 남다른 의미로 다가오는지도 모른다.

그는 짓궂은 아이들이 가사를 변용(變用)해 부르는 동요의 가사 한 구절이 이 땅의 수많은 엄마들에게 비수(匕首)가 되는 것을 보고, 유머와 위트로 그 엄마들의 아픔(?)을 대신 위로해 주기도 한다.

〈곰 세 마리〉라는 노래입니다. 아빠 곰, 엄마 곰, 아기 곰 세 마리가 한집에 있는데 아빠 곰은 뚱뚱하고 엄마 곰은 날씬하고 아기 곰은 너무 귀여워 히쭉히쭉 잘한다고 합니다. 그런데 많은 짓궂은 아이들이 아빠 곰 대신에 엄마 곰이 뚱뚱하다고 노래해 이 땅의 많은 뚱뚱한 엄마들을 속상하게 합니다.

– 〈아빠 힘내세요〉 중에서

그는 시로 이 세상과 소통을 시작했다.

그가 1988년에 낸 시집 《학교는 오늘도 안녕하다》는 3만 부라는 경이적인 판매 기록을 세워 당시 교육계에 센세이션을 불러일으키며 한 무명 음악 교사의 존재를 세상에 알리는 계기가 되었다. 그의 시는 결코 난해하지 않다. 쉬우면서도 후련하고 통쾌하다. 그러나 뒤끝이 작렬한다. 촌철살인의 메시지가 담겨져 있기 때문이다. 그의 시를 보자.

교실 칠판 맨 우측 국민교육헌장이 들어 있는 액자 맨 나중
'새 역사를 창조하자'의 '역사' 위에 피 터져 죽어 있는 파리
가 붙어 있다 무엇이 역사 위에서 파리를 죽게 했나 파리는

왜 역사를 감추기 위해 피 흘리며 몸으로 막았나

　　　　　　− 배상환 시집《학교는 오늘도 안녕하다》중에서

　그는 다양한 문화 활동을 하는 칼럼니스트가 되었다.

　음악 학도로서 충실하게 살아가던 그가 시집《학교는 오늘도 안녕하다》를 내면서 문학적인 영역에 손을 뻗치게 되고, 다시 미국 이민 생활을 하게 되면서 그의 정신적, 지적 영역은 여러 방면으로 스펙트럼을 넓혀 가게 된다. 그는 라스베가스에서 '서울문화원'과 '서울합창단', '코리안 힐링콰이어' 등 여러 문화 단체를 설립하고, 초청 음악회와 문학 특강, 오페라감상회를 개최하는 등 다양한 문화 활동을 하고 있다. 아울러 이민 생활의 애환을 다룬 산문과 교민들을 위한 신문 칼럼을 꾸준히 쓰는 칼럼니스트가 되었다. 그가 이민 생활에서 야기되는 국적과 관련된 정체성에 대한 생각을 진솔하게 피력한 부분이 있어서 그대로 옮겨 적어 본다.

　　저는 지난 12월 초 베트남을 여행했습니다. 대한민국 국민은 비자 없이 자유롭게 베트남을 여행할 수 있지만 미국 시민권자인 저는 사전에 비자를 받아야 했습니다. 그곳에서 제게 어떤 어려운 상황이 생겼을 때 달려와 나를 보호하고 나의 권리를 지켜줄 나라는 미국입니다. 그러므로 나는 미국 사람입니다. 정서적으로는 한국인이지만 현실적, 조건적으로는 미국인입니다. 그런데도 저는 항상 한국인의 입장에서 현실을 바라보고 판단합니다. 미국 땅에서 늘 한국말을 하고 한국 뉴스에 귀 기울이며 삽니다. 최근에 제가 쓴 책의 제목 《그리운 곳은 멀고 머문 곳은 낯설다》처럼 갈수록 더 낯설게 느껴지는 것이 이민 생활입니다.

　　　　　　　　　　　- 〈주한 미국 대사의 피습을 보며〉 중에서

그는 교민들이 보는 신문에 연재한 칼럼을 통해 그가 라스베가스의 이민자로서 살아온 감회와 함께 고국의 정치와 사회에 대해 끊임없이 애정 어린 관심을 표출하고 있다. 때로는 두고 온 고국의 산하에 대한 그리움을 드러내고, 때로는 우려스러운 사회상에 대한 그 나름의 시각과 해법을 제시하고 있다.

그가 쓴 칼럼 〈스님과 장로〉, 〈휘어서 좋다〉, 〈좌파 우파에 관한 한 생각〉 등을 찬찬히 읽어 보면 그는 결코 한쪽으로 치우치지 않는 균형 감각을 가지고 있다. 그 속에는, 그가 이민자였기 때문에 더욱 그러했을 회한과 자성(自省)의 글도 들어 있어 그와 같은 또래 동년배들의 공감을 이끌어 내고 그들의 아픔을 대변해 주기도 한다.

파더스 데이는 제게 있어 참으로 부끄러운 날입니다. 제 아버지와 제 자식들에 대해 생각하면 생각할수록 부끄럽기 때문입니다. 저는 오 남매 중 넷째입니다. 제 아버지는 다른 자식들의 눈총을 받아 가면서까지 제게 제일 많은 사랑을 주셨습니다. 그런데 그토록 사랑했던 자식을 미국으로 떠나보내고 그 서운함, 그리움의 눈물을 흘리시다 제가 이민 온 2년 후에 암으로 세상을 떠나셨습니다. 저는 그때 '그리움의 눈물이 모이면 암이 되나 보다'라는 글을 썼습니다. 지금도 아버지께서 생전에 좋아하셨던 음식만 봐도, 손주들이 재롱을 떠는 것만 봐도 아버지 생각이 간절합니다. 효도하지 못한 그 부끄러움이 가득합니다.

－〈파더스 데이, 부끄러운 아버지의 고백〉 중에서

그는 열정적으로 사는 휴머니스트이다.

이 책의 목차를 쭉 훑어보면 아주 다양한 주제가 펼쳐져 있어 일관성이 없어 보이기도 하지만, 그 속을 관통하는 일관된 흐름이 있다. 그것은 삶에의 열정과 휴머니즘이다. 그는 현실에 안주하지 않는 뜨거운 심장을 지니고 있다. 그는 주위 사람들을 따뜻한 시선으로 바라볼 줄 아는 휴머니스트이다. 그가 칼럼에서 다룬 관심 영역은 아주 다양하다. 자신이 걸어온 길을 근간으로 음악과 연극, 문학과 미학, 건강과 종교 등 사회생활을 영위하는 데 필요한 전 분야를 다루고 있다. 좁게는 가족에서부터 라스베가스 인근에 사는 이민자들의 이야기, 그리고 국내 정치 상황이나 사회상, 나아가 시공을 초월한 지구촌까지…. 그가 얼마나 열정적으로 살아왔는지 충분히 짐작할 수 있다. 심장이 뛰는 한, 그는 세상을 따뜻하게 하려는 생각을 멈추지 않을 것이다. 그것은 그의 칼럼에 연재한 글뿐만 아니라 그가 이 책의 표제로 정한《라스베가스의 불빛은 아직도 어둡다》에서도 선명하게 나타난다.

> 내게 필요한 것은 내가 찾아 나서야 합니다. 결코 놓치고 싶지 않은 소중한 것이 있다면 과감히 그것을 잡아야 합니다. 주저하며 망설이고만 있기엔 우리 삶의 시간이 그리 많지 않습니다.
> 오늘도 우리 곁의 누군가가 이 세상을 떠났습니다. 내일은 저승사자들이 관광버스가 아닌 점보 비행기로 우리를 데리러 올지도 모릅니다. 끝으로 한 번 더 말씀드립니다. 서두르십시다. 우리 삶의 시간이 그리 많지 않습니다.
> ─〈우리 삶의 시간이 그리 많지 않습니다〉 중에서

그가 쓴 이 책의 마지막 칼럼의 마지막 문단이다. 내가 가장 공감하는 부분이기도 하다. 그가 끊임없는 정진을 통해 한층 원숙한 시선으로 더욱 굳건한 목소리를 내기를 기대해 본다. 그에게도 남겨진 삶의 시간이 그리 많지 않기 때문이다.

일흔 살 스무 권, 서문과 발문

5. 라스베가스가 다섯 시면 서울은 몇 시죠?

- 컬럼집, 좋은땅 출판사, 2018. 9. 21.

서문

2015년 4월부터 2016년 12월까지 라스베가스 지역 한글 주간신문 〈한미일요뉴스〉에 썼던 편집장 컬럼 80여 편 가운데 56편을 책으로 묶는다.

이 책은 나의 열여섯 번째 책인 동시에 《라스베가스 문화일기》, 《라스베가스 찬가》, 《그리운 곳은 멀고 머문 곳은 낯설다》, 《라스베가스의 불빛은 아직도 어둡다》를 잇는 다섯 번째 컬럼집이다.

라스베가스 신문 독자들을 대상으로 쓴 글이기에 한국 독자들에게는 다소 느낌이 다를 수도 있겠다. 수록된 컬럼 제목 가운데는 '귀차니즘', '캥거루족', '웃프다', '헬조선' 등 신조어가 많다. 우리의 삶이 그만큼 복잡해져 간다는 증거다.

지난밤 책 제목을 정하지 못하고 잠이 들었는데 새벽에 한국에서 전화가 왔길래 "라스베가스가 다섯 시면 서울은 몇 시죠?"라고 묻다가 그냥 이걸 책 제목으로 정했다. 미국 생활 21년이 지났다. 한국은 늘 그립다. 그런데 한국은 모르겠다. 몇 시인지도 모르겠다.

이 책은 매주 신문에서 만나는 라스베가스 한인 독자와 사랑하는 아내와 정성껏 효도하는 두 아들 내외와 다섯 손주 찬미(Alexis), 찬송(Skye), 찬우(Danny Jr.), 찬영(Colin), 찬희(Katelynn), 그리고 한국에 있는 모든 그리운 이들에게 전하는 나의 사랑의 선물이다.

2018년 9월
라스베가스에서 배상환

배상환, 그에게서 사람 냄새를 맡는다

강인 · 문화예술 칼럼니스트, 한국경제문화연구원 문화진흥위원장

나는 지금까지 살아오면서 누군가가 "어떤 부류의 사람을 좋아하느냐?"고 물어오면 주저하지 않고 '사람 냄새 나는 사람'이라고 대답하곤 했다.

그러나 최근 "우리 사람 냄새 나는 사람끼리 모여 나라를 위해 함께 일해 봅시다." 하며 다가온 자칭 박사, 교수, 시인이라는 분의 제안을 받고 바로 그 '사람 냄새'라는 말에 귀가 솔깃해 이에 응했다가 뒤통수를 호되게 맞고 난 후부터는 '사람 냄새'도 '좋은 사람(Good Person)의 냄새'와 '나쁜 사람(Bad Person)의 냄새'를 구별하게 되었다.

더욱이 이제 70을 눈앞에 둔 나이에 눈을 크게 뜨고 보니 '좋은 사람'보다는 '나쁜 사람'이 더 많이 보이는 것은 평소 주변에 인덕을 쌓지 못함 때문일까? 아니면 노화로 인한 시력의 쇠퇴 때문일까? 결국 둘 다 나의 불행이다.

그러나 파스칼이 세상을 떠나기 전에 메모로 남긴 "나는 사람을 관찰하면 할수록 내가 키우는 개를 더 사랑하게 된다."라는 말을 생각할 때 내 눈에 '좋은 사람'보다는 '나쁜 사람'이 더 많이 보이는 것이 반드시 '인

덕의 결여'나 '시력의 쇠퇴'만은 아닌 것 같아 다소 위로가 된다.

배상환 선생에게서는 '사람 냄새'가 난다. 그것도 '좋은 사람'의 냄새가 난다.

그래서인지 그가 이번에 펴내는 칼럼집《라스베가스가 다섯 시면 서울은 몇 시죠?》도 주옥같은 글 56편이 '인성론(人性論)' 즉 '성선설(性善說)', '성악설(性惡說)' 등 사람이 태어날 때의 이야기로 시작하여 인생의 마감일을 향해 '가는 세월'을 노래하고 있어 이 글들 또한 '사람 냄새'를 물씬 풍겨주고 있다.

배 선생은 시를 쓰고, 평론을 쓰고, 칼럼을 쓴다.

그는 글을 쉬운 용어로 쓴다. 추상적이 아니라 사실적이다. 자신의 삶을 주제로 한 진솔한 표현이다. 이렇게 계속해서 쓰고 있는 저서가 벌써 16권째다.

시쳇말로 사회적 명사가 되는 몇 가지 조건 중 하나가 저서의 유무이다. 많은 사람들이 이를 목적으로 책을 발간한다. 심지어 어떤 이는 돈을 주고 남에게 대필시키기도 한다.

배 선생은 그런 사람이 아니다. 출세를 위해 글을 쓴다면 미국의 '라스베가스'라는 자그마한 도시 한곳에서 20여 년간 칩거하고 있겠는가?

더욱이 그는 1988년 한국 문단의 큰 어른인 오규원 시인의 추천으로 출판한 첫 시집이 몇 개월간 베스트셀러가 되어 장안의 화제가 되었던 경력을 가지고 있다. 특히 평론가를 찾아볼 수 없는 한국의 음악계로서는 꼭 필요한 인물이기도 하다.

그러나 그는 모두 뿌리치고 처해 있는 곳에서 묵묵히, 그리고 끊임없이 글을 쓴다. 지금도 라스베가스 지역 한인 신문사의 편집책임자로 일하며 매주 한 편의 칼럼을 쓰고 있다.

그는 과거 20년 가까이 중학교 교사 생활을 했다. 그러나 자칫 과거의 습관으로 글을 통해 남을 가르치려는 우(愚)를 범하지 않는다. 몸소 실천하며 함께 '좋은 사람'이 되자고 권유한다. 그래서 지역 합창단을 조직, 지휘자로서 정기적으로 병원을 방문하여 힐링 콘서트를 가지며 한인합창단뿐 아니라 중국, 일본 커뮤니티 합창단 지휘자로, 교회성가대 지휘자로 활동하고 있다. 또한 라스베가스 서울문화원을 혼자서 이끌며 많은 문화행사 개최로 지역 교민들의 행복지수를 높여주는 데 앞장서는 노익장을 보여주고 있다. 지도자는 대중의 마음에 행복을 심어주는 자다. 그런 의미에서 배상환 선생은 라스베가스 한인사회의 실질적 리더이다. 그의 이런 모습에서 늘 나는 '좋은 사람'의 냄새를 맡는다.

배상환 선생과 나는 30년 전에 만났다. 거의 매주 정기적으로 만나는 음악단체 회의석상에 늘 함께 마주 앉곤 했다.

당시 일간신문사에 몸담고 있던 시절 한껏 겉멋이 들어 회의 때마다 입을 크게 벌렸던 철없던 내 모습에 비해 그는 늘 과묵했다. 그 대신 시로, 칼럼으로, 비평으로, 아름다움을, 선을, 정의를 아주 쉬운 용어로 일 갈했다. 나는 그러한 그를 흠모했다. 아니, 짝사랑이었는지도 모른다.

그러다 나는 1992년 LA로, 배 선생은 1997년 라스베가스로 각각 이민을 온 후, 이제는 피차 마음을 털어놓는 벗이 되었다.

요즘도 나는 가끔씩 LA에서 라스베가스까지 6시간쯤 운전해서 배 선생을 찾아가 함께 저녁식사를 하며 자정이 넘도록 잔뜩 잠이 가득한 눈으로 밀린 이야기를 나누고는 다음 날 오전에 돌아오곤 한다. 이처럼 피곤한 일정을 자초(自招)해서 즐기는 것은 배 선생에게서 '사람 냄새'를 맡을 수 있기 때문이다.

배 선생은 4살밖에 안 된 어린 손주와 놀아주면서 장난감 시계를 통해서도 자신의 삶을 성찰(省察)하고 있다.

> 언제나 같은 소리 '똑딱똑딱'이 저를 부끄럽게 합니다. 나는 얼마나 동일한 소리를 내며 사는가? 얼마나 일관성 있는 생활을 하는가? 쉽게 변덕 부리지는 않는가? 나의 변덕 때문에 이웃이 불편을 겪지는 않는가? 부끄러운 제 자신을 돌아봅니다.
>
> – 〈시계는 아침부터 "똑딱똑딱"〉 중에서

배상환 선생의 이름 앞에 붙는 예술적 직함은 '작곡가', '지휘자', '평론가', '연기자', '시인' 등 꽤나 다양하다. 그만큼 예술적 재능이 다방면으로 출중하다고 말할 수 있다.

나는 그중에서 '시인'으로서의 배상환을 가장 훌륭하게 여긴다. 이는 시인이라는 이름이 문필가의 호칭 중에 가장 아름다운 이름이기도 하지만, 배 선생이 빚어내는 시작(詩作)의 언어들이 보석처럼 반짝거리기 때문이다.

내가 좋아하는 〈똥〉, 〈파리〉, 그리고 이 책에 실린 〈전철문에서〉 같은 작품이 나를 깊은 사색에 잠기게 한다. 모두 30년 전에 지은 《학교는 오늘도 안녕하다》라는 시집에 수록된 시이다.

전철문에서

기대지 마시오
기대   시오
기   시오

– 〈전철문에서〉 전문

배 선생의 시를 대할 때마다 마치 피아노곡 〈짐노페디(Gymnopedie)〉를 작곡한 에릭 사티(Erik Satie)가 떠오른다.

"나는 너무 낡은 시대에 너무 젊게 이 세상에 왔다."라고 '에릭 사티' 본인 스스로가 말했듯이 그는 기발한 상상력으로 시대를 앞서간 천재

예술가이다. 그러나 그는 살아있는 동안에는 빛을 보지 못한 무명의 음악가였지만 빈센트 반 고흐나 프리드리히 빌헬름 니체와 마찬가지로 에릭 사티의 예술가로서의 가치도 그가 세상을 떠난 지 38년이 지난 후 뒤늦게 발견되었다.

그의 사후 38년인 1963년에 프랑스의 영화감독 루이 말(Louis Malle)이 만든 영화 〈도깨비불(Le Feu Follet)〉의 배경음악으로 '에릭 사티'의 〈짐노페디 1번〉을 사용했는데 영화가 개봉되자 "정신이 아찔해질 만큼 아름다운 이 음악을 작곡한 '에릭 사티'가 도대체 누구냐?" 하며 전 세계가 깜짝 놀랐던 것이다.

배 선생을 대할 때마다 떠오르는 또 한 사람은 시인 '윤동주'이다. 배 선생에게서는 시대를 초월하여 진화된 윤동주 시인의 모습이 보인다.

내가 윤동주 시인을 좋아하는 이유는 "죽는 날까지 하늘을 우러러 한 점 부끄럼이 없기를…"이라는 그가 남긴 〈서시(序詩)〉의 첫 부분 때문이다.

배상환 시인의 시가 이를 닮았다. 그의 시 중에 이 책에 실린 〈선풍기〉, 〈스승의 날〉의 시구가 그러하다.

선풍기

비굴하게 긍정하고 돌아오던 날 밤

선풍기는 밤을 꼬박 새우며
열 오른 얼굴로 나를 향해
삶은 그렇게 사는 것이 아니라고 아니라고
고개를 좌우로 흔들어 댔습니다
(후략)

옳지 않은 일에 대해 손을 좌우로 흔들며 "노"라고 말하지
못하고 비굴하게 집으로 돌아와 열 오른 얼굴을 식히기 위해
선풍기를 틀었는데, 그런데 이 선풍기가 나를 노려보며 머리
를 좌우로 흔들고 있습니다. "노" "노"라고 말하는 듯합니다.
내가 그렇게도 못했던 "노"를 선풍기는 너무 쉽게 합니다.
선풍기는 밤새 고개를 좌우로 흔들며 무언의 "노" "노"를 계
속합니다. 나는 살면서 과연 몇 번이나 저 선풍기처럼 고개
를 좌우로 흔들며 당당하게 "노"라고 대답했을까? 나를 돌
아봅니다. 선풍기 앞에서는 늘 부끄럽습니다.

- 〈선풍기〉 중에서

"스승은 뭘 하는 사람인데"
"우릴 갈키는 사람이라예"

저는 왜 그 학생이 경상도 사투리로 말한 '갈키는(가르치는)

일흔 살 스무 권, 서문과 발문

사람'이 그 순간 '갈취하는 사람'으로 들렸는지 모릅니다. 학
생들의 순수한 영혼과 개성과 창의력을 키워주지 못하고 오
히려 수없이 많이 갈취했다는 생각이 교단 떠난 지 20여 년
이 된 오늘 더욱 강하게 듭니다.

– 〈스승의 날의 상념(想念)〉 중에서

이것이 '사람 냄새'가 아닐까? 아담(Adam)의 범죄 이전 거룩하기까
지 한 성선(性善)의 '사람 냄새'이다.

그런데 걱정이다. 배상환 시인이 아프다고 한다.

제가 좀 아픕니다.

지난주 저희 신문에 문정희 시인의 시 〈한계령을 위한 연가〉
를 소개한 이후 저는 지금 그 시에 빠져 헤어나지 못하고 있
습니다. 올해는 독감 예방주사를 맞지 않고도 그런대로 잘
지내고 있었는데 이번에 '그리움 바이러스'에 제대로 걸린
것 같습니다. 밤에 잠을 제대로 이루지 못할 뿐만 아니라 식
욕도 없고, 의욕도 잃고, 몸에 힘이 빠지고, 머리에 열이 나
고… 모두 그리운 것뿐입니다. 이런 일이 젊을 땐 종종 있었
지만 최근 몇 년 동안에는 처음입니다.

(중략)

시인은 겨울 산중 눈 속에 갇혔음에도 못 잊을 사람과 함께

있기에 행복합니다. 순간을 축복으로 여깁니다. 그 짧은 축
복을 신에게 감사합니다. 시인은 미쳤습니다. 그런데 그 미
친 시인의 그리움이 저의 가슴을 휘젓습니다. 그래서 제 마
음이 아픕니다. 제가 아픕니다.

– 〈그리움 바이러스〉 중에서

　나는 이런 배 선생을 좋아한다. 오늘 '그리움 바이러스'로 아파하는
배상환, 그에게서 사람 냄새를 맡는다. '라스베가스가 다섯 시면 서울
은 몇 시죠?' 이 제목 자체가 '그리움'이다. 그리고 보면 이 책은 온통 그
리움을 담은 책이다. 오늘 각자 가슴속에 간직한 그리운 이름을 불러
보자. 내 가슴에 그리운 이름 하나 살아 있음으로 행복을 느낄 수 있을
것이다.

6. 라스베가스 사랑

- 컬럼집, 좋은땅 출판사, 2019. 11. 11.

서문

2017년 1월부터 2018년 6월까지 미국 라스베가스에서 발행되는 한글주간신문 〈한미일요뉴스〉에 썼던 편집장 컬럼 70여 편 가운데 56편을 책으로 묶는다.

이것은 나의 열여덟 번째 책인 동시에 라스베가스에서 쓴 열 번째 책이다.

이젠 라스베가스를 사랑한다고 말해도 되지 않을까?
조심스럽게 책 제목을 '라스베가스 사랑'이라고 했다.

아내와 정성껏 효도하는 두 아들 내외와 손주 찬미(Alexis), 찬송(Skye), 찬우(Danny Jr.), 찬영(Colin), 찬희(Katelynn), 그리고 내가 사랑하는 모든 이들에게 이 책을 바친다.

2019년 11월 내가 사랑하는 라스베가스에서 배상환

핵심을 짚어 가는 인간관계의 방법 제시

손동원 · 미래학자, 세계리더십연맹 총재, 덕원커뮤니티 총재

《라스베가스 사랑》의 저자 배상환 라스베가스 서울문화원장과는 LA에서 라스베가스까지 4시간여 거리에 있다. 다재다능하며 인간관계가 탁월한 그는 예술인이면서 문학가인데 그와의 인연은 밀양에서부터 시작된다. 배 원장의 고향이 필자의 본관과 같은 밀양이기 때문이다.

세상은 흔히 1980년대를 '스포츠 공화국과 양념통닭'으로 규정한다. 당시 한국 사회는 컬러텔레비전이 보급되면서 스포츠에 대한 인기가 높아졌고, 식단의 육식화가 이뤄지면서 양념통닭과 삼겹살이 대표적인 회식 메뉴로 부상했다. 배 원장과의 인연 또한 30여 년 전 배 원장의 서울 아파트에서 양념통닭과 삼겹살을 먹으며 밤새워 삶의 진지한 대화를 나누었던 것이 오늘까지 끈끈한 우정으로 이어지고 있다.

배상환의 컬럼 〈좋다와 잘했다〉를 보면 다음과 같은 글이 있다.

좋다는 말을 잘 못 하는 사람도 종종 봅니다. 상대방이나 그

어떤 일에 대해 좋다고 말하는 것이 곧 자신의 인격이 낮아
진다고 생각하는지 도무지 그 말을 못 합니다. 좋다는 말은
상대방을 기쁘게 할 뿐만 아니라 자신의 기분도 좋아집니다.
그러나 좋다는 말은 분명 좋은 말이긴 하지만 함부로 해서는
안 될 말이기도 합니다. 모든 말에는 책임이 따릅니다. 좋다
는 말은 진심으로 해야 할 뿐만 아니라 좋다와 그렇지 않음
에 대한 정확한 분별력을 가지고 해야 합니다.

배상환 원장은 우리 인생사에 긍정적인 효과를 가져오는 칭찬을 어
떻게 인간관계에 적용할 수 있는지를 제시해 주고 있다. 이 제안하는
칭찬의 방식은 매력적이고 구체적이다. 그가 늘 그래 왔듯이 컬럼집
《라스베가스 사랑》 역시 이야기 형식을 빌려서 쉽고 간결하게, 그러면
서도 핵심을 짚어 가는 인간관계의 방법을 제시한다. 그가 말하는 칭
찬의 힘이란 바로 그 칭찬으로 말미암아 긍정적인 힘에 더욱 집중할 수
있게 해 준다는 것이다.

도망가는 죄수를 잡는 스포트라이트처럼 잘못한 것에 집중하여 그
것을 강조하면 할수록 더욱 잘못을 할 가능성이 커지고 부정적인 힘만
커진다. 물론 칭찬하는 것이 좋으니까 칭찬을 많이 하라는 식의 추상
적인 제안을 하는 것은 아니다.

배 원장은 모든 말에는 책임이 따르고 칭찬을 통해 어떻게 긍정적인 것

에 집중해서 좋은 결과를 이끌어 낼 수 있는지를 구체적으로 제안한다.

칭찬은 유혹이나 설득 또는 누군가를 조종하기 위해 자주 사용되는 도구이다. 이 때문에 우리는 다른 사람을 얼마나 칭찬하고 또한 우리가 얼마나 칭찬받는지 조심해야 할 필요가 있다. 나는 그의 글을 읽으며 교사로서 오랜 기간 학생들에게 교훈을 들려주었던 그의 교육가적인 성품을 느낀다.

칼럼 〈미셸 오바마의 고별 연설〉에는 다음 글이 인용되어 있다.

두려워하지 마라(don't be afraid). 집중하라(Be focused). 결심하라(Be determined). 희망을 품어라(Be hopeful). 권리를 가져라(Be empowered).

배 원장과 나와는 서로 코드가 맞았고, 가끔 그의 기발한 아이디어에 웃음을 그칠 수가 없었지만, 자신을 다 내주는 그의 헌신과 배려에 항상 고마움을 느낀다.

인간은 세상으로 나오면서 두려움에 휩싸여 울음을 터트린다. 겉으로는 평온해 보이지만 사실 두려움이 없는 인생은 없다. 자기 스스로를 존중하는 마음과 평온을 유지하는 능력으로 두려움의 유혹을 물리쳐라.

정신이 분산되어 혼비백산하는가? 정신을 하나로 모으면 무슨 일이든 이룰 수 있다. 집중하라. 그리고 당신의 정신적 능력으로 진퇴양난의 환경을 물리쳐라.

작심삼일을 반복하는 결심 중독에 빠졌는가? 인생이란 마음먹기에 달렸다. 우유부단한 성격으론 일을 성취하지 못한다.

좌절 가운데 낙심했는가? 마음이 나누어지고 비전이 없는 사람에게 내일과 미래는 다가오지 않는다.

저는 개근상 뉴스를 보며 출석과 관련해 떠오르는 두 가지의 옛 생각이 있습니다. 하나는 교사 초임 시절인 1980년대 초 담임을 맡았던 학급에서 한 학기 동안 70명 전원이 단 한 번의 결석 없이 100% 출석했던 일입니다. 그때 그 일은 저 자신을 스스로 능력 있는 교사로 착각하게 하기도 했지만, 지내 놓고 보니 그런 일로 아이들에게 부담을 줬던 것이 지금까지도 마음속에 미안함으로 남아 있습니다. 또 하나는 제가 교직을 떠나기 얼마 전인 1990년대 중반에 아이들에게 했던 말입니다.

'얘들아, 너희들 어머니 생신날 하루 학교 결석하고 어머니와 데이트를 즐겨라. 그날 아침만은 어머니 늦게 일어나시게 해 드리고 천천히 아침밥 먹고 어머니와 남대문 시장에 나가 시장 구경도 하고, 바지도 하나 사고, 또 백화점에 가서 셔츠와 잠바도 사고, 어머니와 둘이서 중국집이나 아니면 어머니가 좋아하시는 냉면집에 가서 맛있는 점심도 먹고, 시간이 남는다면 공원 산책도 하고, 영화라도 한 편 보면 더욱 좋고, 그리고 그동안 엄마에게 못했던 이야기, 미안했던 이야기도 하고, 어머니 또한 내게 서운하셨던 말씀도 하시게 하고, 또 내가 장차 어떤 사람이 되었으면 좋겠는가 여쭤도 보고…… 그렇게 하루를 지낸다면 학교에서 지내는 것보다 훨씬 유익하고 행복한 하루가 될 것이다. 제발 한번 시도해 봐라.'라고 말했었는데, 안타깝게도 평소 담임이 엉뚱한 얘기를 자주 했기에 이를 실천한 학생은 한 명도 없었습니다.

나는 배 원장의 〈개근상의 추억〉이라는 글을 읽으며 그의 마음속에서 인간애에 대한 사랑과 역발상을 통한 소중한 가족애를 느낀다.

라스베가스의 시인 배상환이 이루어 내는 매일의 성취는 상상을 초월하고 사실 그에게는 불가능이 없어 보인다. 왜냐하면 그는 항상 일상생활과 예술적인 활동 그리고 평론 등에서 창조에너지를 생산해 왔기 때문이다. 그래서 그의 멘탈은 강하고 그의 내공은 아직도 진행 중이다.

컬럼 〈100살을 먹어도 철들지 않을 거예요〉에는 다음의 글이 나온다.

저는 단어가 사람의 생각을 지배한다고 생각합니다. 우리가 사용하는 단어(말) 속에는 우리의 생각이 담겨 있고, 습관이 담겨 있고, 가치와 의지가 담겨 있습니다. 유아적인 단어를 사용하는 사람은 그 사람의 생각과 행동이 유아적이며, 향기로운 단어를 사용하는 사람은 그 사람의 생각과 행동이 향기롭습니다.

단어는 곧 그 사람의 인격입니다. 그러므로 우리는 늘 좋은 단어, 올바른 단어로 주변 사람들과 소통해야 합니다. 그래야 삶이 정확하고 투명하며 행복합니다. 이것이 제가 사전을 가까이하는 이유이기도 합니다.

사람이 무심코 하는 말 속에는 그 사람의 가치관과 철학이 담겨 있다. 말하는 이의 내면세계 속에 있던 습관적 의지력이 무의식적으로 전달되는 것이다. 긍정적인 말을 하는 사람은 그 사람의 생각과 행동이 향기롭다.

글 중에 나오는 "100살을 먹어도 철들지 않을 거예요"라는 말은 원로 영화배우 김지미 씨가 한 말이다. 그녀는 지금 LA 파사데나에서 살고 있는데, 배 원장의 글이 자연스레 LA에 사는 필자와 배 원장과의 인연의 끈을 만들어 준다.

배 원장은 라스베가스에 있는 한인들이 모두 아름다운 사람이기를 간절히 원한다.

그래서 그는 오늘도 독특한 글을 쓰고, 남이 부르지 못하는 노래를 부르며 인생을 문화적으로 공유함으로써 인생에서 남이 가지 않은 길을 선택하고 모든 것을 과감히 수행한다.

컬럼 〈삶은 달걀〉에 보면 다음과 같은 글이 나온다.

지난 연초에는 가까이 지내는 이웃으로부터 사발면 용기만 한 달걀 삶는 기계를 선물 받았는데, 버튼 하나로 달걀이 삶기는 것을 아내는 무척 신기해했습니다. 평소엔 달걀을 삶을 때 불 위에 냄비를 올려놓고 곁에서 지켜봐야 했지만, 이 기계는 씻은 달걀을 그 안에 넣었다가 편리한 시간에 꺼내기만 하면 달걀이 잘 삶아져 있습니다.

한 번에 일곱 개까지 넣을 수 있는 이 기계 속에 반숙을 원하면 물을 조금 붓고, 완숙을 원하면 물을 좀 많이 붓고, 그것만 신경 쓰면 됩니다. 아내는 수시로 달걀을 삶아 제게도 억지로 먹였습니다. 저는 아마 그 당시 콜레스테롤이 먹은 만큼 올라갔을 것입니다. 그런데 다행히 아내가 그것에 싫증을 느꼈는지 한동안 뜸했습니다. 저도 콜레스테롤 걱정을 접고 살았습니다.

필자도 삶은 달걀 애호가인데 앞으로 감칠맛 나는 삶은 달걀을 입속에 넣을 때마다 톡 쏘는 사이다와 배 원장에 대한 추억이 생각날 것이다.

배상환은 인생을 즐겁고 유쾌하게 살아가는 사람이다. 그는 시인이자 평론가이지만, 그에 앞서 재담가였다.

배상환의 내면세계에는 진실을 갈구하는 남다른 고독의 병이 있다. 그것은 감수성에 의한 외로움이라기보다는 고향을 떠난 순례자의 차원 높은 향수일 것이다. 그에게 있어 고독의 병은 멸망과 죽음에 이르는 병이 아니라 오히려 자기 세계의 확인이며 신적 세계로의 입문이다.

세계적인 도시 라스베가스의 현인 배상환은 꿈꾸는 사람이다. 그는 시인의 정신적 고뇌를 생각하며, 가난한 마음으로 살고 싶어 한다. 그의 추구하는 바는 재물과 명예가 아니다. 그는 기독교 장로로서 신앙과 공동체 정신 그리고 삶의 재미와 문화를 찾는 구도자이다. 배상환의 정신세계와 가치관은 《라스베가스 사랑》을 출판하게 만든 힘이며 오늘의 성실과 미래창조력의 원천이라고 할 수 있다.

제Ⅲ부

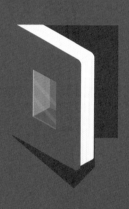

산
문
집

1. 커피 칸타타

- 산문집, 음악저널 출판부 작은우리, 1992. 2. 15.

서문

  곰곰이 생각해 보면 나에게는 기적과도 같은 일들이 계속해서 일어나고 있다.

  몇 년 전까지만 해도 한 번도 제대로 가지 못했던 연주회를 요즘은 내가 잡지사와 주최 측이 마련해 주는 티켓으로 거의 매달 십여 차례를 다니고 있다. 지난해 어느 달엔 한 달에 연주회를 스물한 번을 다녀왔으니 이것만 보더라도 기적이라 아니 할 수 없다.

  원고를 청탁받고, 좋아하는 음악인들과 만나 얘기하고, 원고를 독촉받고, 새벽까지 커피를 마셔가며 원고를 쓰고 있는 내 모습을 책장 유리에서 발견할 때면 스스로 대견하고 자랑스러워 아파트 창을 활짝 열고 소리라도 지르고 싶은 충동을 느낀 적이 한두 번이 아니다. 내 글이 실린 잡지를 들고 다니는 사람을 우연히 볼 때면 괜히 신이 나고 언젠가 지하철에서 내 시집을 읽고 있는 아가씨를 봤을 때는 다가가 말이라도 걸어보고 싶었던 것이 사실이다.

  그런데 이상하게도 나는 글을 죽으라고 힘들게 쓰는데도 사람들은 쉽게 읽어 버린다. 하긴 나 자신 아는 것이 워낙 없으므로 독자들이 머리 굴려 가며 읽을거리도 없겠지만 어찌 됐든 내 글을 쉽게 읽는다는 것은 참으로 다행스러운 일이다. 자신들의 삶의 문제만 생각하더라도 골이 빠개지는 듯할 텐데 내 글 때문에 더 복잡해진다면 그 죄스러움을 어떻게 감당하랴.

1988년부터 1991년까지 여기저기 게재했던 음악에 관한 글을 모아 놓고 보니 이건 완전히 라면도 팔고, 새우깡도 팔고, 망치도 팔고, 운동화도 팔고, 콩나물도 팔고, 생선도 파는 복잡하고 어지러운 산동네 구멍가게 같다. 주위에선 단일품목에 집중적으로 투자해야 성공한다고 하는데도 불구하고 나는 어설픈 장사꾼처럼 물건 구색 맞추기에만 급급한 듯하니 비난을 면키 어려울 것 같다.

그러나 독자 여러분!
이왕 여기까지 오셨으니 한 번 쭈욱 읽어보시길 바랍니다.

1부 '시'는 1988년, 1990년 나남출판사를 통해 출판했던 두 권의 시집 《학교는 오늘도 안녕하다 1》, 《2》에 수록된 음악을 소재로 한 시 15편과 1991년 3월부터 〈음악저널〉 '이달의 시' 난을 통해 발표했던 시 10편을 묶었고, 2부 '산문'은 1989년 〈음악동아〉에 썼던 칼럼 및 일반 신문 잡지 등에 쓴 글 20편과 〈계간 오페라〉 창간 이후 지금까지 쓴 인터뷰 글 5편을 함께 묶었다.

3부 '비평'은 〈김규현 씨의 음악 비평에 대한 나의 생각(1990년 〈음악 저널〉)〉 이후에 쓴 연주회 비평 23편을 실었고, 4부 '합창 대본' 〈토끼의 생간〉은 1991년 여름에 쓴 것으로 아직 작곡되지 않은 미발표 대본이다.

이 잡다한 글들을 한데 모아 책으로 나오기까지 도와주신 분들이야 수없이 많지만 이 책 출판의 기쁨만은 올해 결혼 50주년 금혼식을 맞으시는 나의 부모님께 온전히 바치고 싶다.

아버지, 어머니 축하드립니다. 사랑합니다. 친구들이여 용서하소서.

1992년 1월
항상 즐거운 방학동에서 배상환

2. 목욕탕과 콘서트홀

- 산문집, 음악저널 출판부 작은우리, 1994. 11. 15.

서문

이 책은 1988년 8월부터 1994년 10월까지 몇몇 음악 잡지, 일반잡지에 썼던 글 중 58편을 골라 묶은 것이다.

〈세광피아노〉 칼럼 24편, 〈음악동아〉 칼럼 11편, 〈주간 음악신문〉 칼럼 7편, 〈계간 오페라〉 대담 4편, 〈음악저널〉 대담 3편 그리고 〈AV 저널〉, 〈한국논단〉, 〈문화광장〉, 〈에레나〉, 대우전자 〈삶과꿈〉, 〈월간 투자생활〉에 쓴 글이다.

〈세광 피아노〉의 '커피 칸타타', 〈음악동아〉의 '배상환 음악 칼럼', 〈계간 오페라〉의 '배상환이 만난 사람', 〈주간 음악신문〉의 '알다가도 모를 일' 등이 모두 나를 위해 마련해준 소중한 지면이었음에도 뒤돌아볼 때 충실한 내용의 글이었다기보다 많은 부분 내용 없는 빈 소리였음을 고백하지 않을 수 없다. 절반 이상이 잡지사 기자의 독촉 전화를 받고서 부랴부랴 썼다.

언젠가 토요일, 막내놈이 오후 내내 TV만 보고 있어 아내가 숙제는 언제 할 거냐고 물으니 "월요일 아침 조금 일찍 일어나서 하면 돼요. 저도 아빠처럼 모든 일을 바로 직전에 해야 잘되거든요. 걱정하지 마세요. 이래 봐도 지금까지 숙제 안 하고 학교에 간 적은 한 번도 없어요." 또박또박 대답하는 아들놈이 얄밉다는 생각도 들었지만 내 뒤통수를 뭔가로 세게 한 방 맞은 것 같아 아무 말도 못 하고 방으로 들어갔다.

필력이 짧은 탓이겠지만 나는 열을 받지 않으면 글이 써지지 않는다. 열을 받기 위해 음악회를 가고, 신문을 들추고, TV 뉴스를 보고, 지하철을 탄다. 칼럼은 더욱 그렇다. 열 받지 않고 쓴 글은 정말 끓다가 중도에 식어버린 물맛처럼 닝닝하다.

시도 산문도 비평도 모두 사람 사는 얘기다.

"성균아, 동균아 뭐 필요한 것 없니?"
"아빠만 계시면 돼요."

다행이다. 내 아들들이 나만 있으면 된단다. 고맙다. 사랑한다.

1994년 11월
행복한 금호동에서 배상환

일흔 살 스무 권, 서문과 발문

3. 백조의 노래

- 음악 비평집, 음악저널 출판부 작은우리, 1994. 11. 15.

서문

이 책은 1990년 9월부터 1994년 7월까지 음악전문 잡지인 월간 〈음악저널〉, 〈음악 사랑〉, 〈세광피아노〉 등에 썼던 연주회 비평을 묶은 것으로 오케스트라 연주회 11편, 피아노 독주회 10편, 합창 연주회 13편, 독창회 4편, 클라리넷 독주회 4편, 바이올린 독주회 3편 등 총 68편의 연주회 비평문이다.

이 책은 3부로 구성되어 있다.
1부(1992. 5.~1993. 8.), 2부(1993. 8.~1994. 9.), 3부(1990. 9.~1991. 12.).
3부의 24편은 1992년에 출간된 나의 음악글 모음집 《커피 칸타타》에 수록된 글이다.

연주는 연주자 개인의 일이기도 하지만 하나의 사회적 현상이다. 연주 비평이 개인 연주 그 자체만을 논한다면 구태여 활자를 이용할 필요가 없다. 연주자와 단둘이 만나 얘기하든지 아니면 전화 통화로도 가능하다. 그러나 그 연주가 사회적인 의미로 확대될 때 비평 또한 사회적인 기능과 가치와 책임을 갖는다.

　몇 년째 연주회를 쫓아다니며 평을 쓰고 있지만 나의 평문은 비평이라 하기엔 많은 부분 전문성이 결여되어 있음을 인정한다. 그런 의미에서 지금까지 나의 비평에 대상이 되었던 많은 연주자에게 이 지면을 통해 미안한 마음을 전한다.

　　비판을 받지 아니하려거든 비판하지 말라.
　　너희의 비판하는 그 비판으로 너희가 비판을 받을 것이요…

　내가 유일하게 성경 한 장 전체를 암송할 수 있는 마태복음 7장의 첫 부분이다.

　　누구의 비판도 존재하지 않는 곳에서는 우리는 자기의 생각
　　이 옳다고 생각한다.
　　　　　　　　　　　　　　　　　　　　　　　　　－ 디어도어 루빈

　　　　　　　　　　　　　　　　　　　　　　　1994년 11월
　　　　　　　　　　　　　　　　　　　　　　　배상환

4. 라스베가스에서 내가 만난 한인들

- 산문집, 오늘의문학사, 2010. 12. 10.

서문

라스베가스에도 좋은 사람들이 많이 살고 있음을 알리고 싶어 이 책을 낸다.

이 책은 2009년 4월부터 2010년 2월까지 라스베가스에서 월 2회 발행되는 종합정보지 〈Las Vegas & Korea〉에 썼던 'L & K 초대석' 인터뷰 20회분의 글 모음집이며, 《라스베가스 세탁일기》(시집, 2003년), 《라스베가스 문화일기》(컬럼집, 2005년), 《라스베가스 찬가》(컬럼집, 2008년)를 잇는 라스베가스에 대한 나의 네 번째 사랑 고백서다.

초대에 나와 귀중한 말씀을 해주신 분들과 올해 결혼 30주년을 맞는 사랑하는 아내와 정성을 다해 효도하는 두 아들 가정, 두 번째 책 출판으로 인연을 이어가고 있는 오늘의문학사 식구들, 그리고 겉으로 보기엔 세상에서 가장 화려한 것 같지만 속으론 세상에서 가장 외로운 도시 라스베가스와 그곳에서 살고 있는 모든 한인에게 이 책을 바친다.

2010년 12월 배상환

전영재 · 전 LA 한국문화원장

　이민 사회에서 모국의 문화를 유지하면서 산다는 것은 결코 쉬운 일이 아니다.

　몇 년간 LA 한국문화원장으로 있으면서 그것을 위해 현지에서 여러 가지 일들을 개척하고 추진도 해 보았지만 항상 흡족한 결과를 얻어내지 못했던 것은 지금도 아쉬움으로 남아있다.

　재임 중이던 2005년 겨울 라스베가스 서울문화원이 주최하는 그곳 서울합창단의 연주회에 참석했었다. 400여 명의 한인이 모여 한국 가곡을 부르고, 한국민요를 부르며 너무나도 완벽하게 어우러지는 모습을 보고 깜짝 놀랐다.

　정부 파견 공무원과 현지 전문가들이 모여 그토록 이루고자 했던 모습이 그곳에서는 너무나도 쉽게 만들어지고 있었다.

　배상환 씨는 지난 십여 년간 아무런 조직이나 후원도 없이 혼자서 라스베가스 한인 전체를 대상으로 문화운동을 펼치고 있다. 합창단 정기 연주회를 비롯해 초청 연주회, 초청 연극공연, 문학 특강, 오페라 감상회, 한국 영화감상회, 교민단체 연극관람 등 별별 행사를 다 열고 있다.

  그가 이번에는 그곳에 사는 한인들의 건강한 삶의 모습들을 책으로 묶어 세상에 내놓는다고 하니 그의 마르지 않는 삶의 에너지는 도대체 어디서 오는 것일까? 이 책을 통해 배상환의 라스베가스와 문화에 대한 사랑과 열정의 그 비밀을 찾아낼 수 있다면 그것 또한 큰 소득이라 하겠다.

노형건 · 월드비전 홍보대사, 방송인, 오페라 캘리포니아 단장

라스베가스 서울문화원 배상환 원장은 내가 만난 사람들 가운데 가장 특별한 사람이다. 처음 그를 만나던 날 세상을 향한 그의 사랑이 얼마나 뜨겁던지 깜짝 놀랐다.

배상환 씨는 자신이 살고 있는 라스베가스를 참 사랑한다. 아직도 라스베가스를 부정적으로 이야기하는 사람을 만나면 그는 몹시 안타까워한다.

시집 《라스베가스 세탁일기》를 통해 이민자의 지친 삶 가운데서도 희망을 노래했고, 칼럼집 《라스베가스 문화일기》, 《라스베가스 찬가》를 통해 세상의 아름다움과 화목의 기쁨을 강조했다.

이번에 내놓은 인터뷰 글 모음집은 라스베가스에 사는 한인들의 건강한 삶의 모습들을 보여주고 있다. 자신에게 주어진 삶의 모든 여건을 감사하며 사는 것은 결코 쉬운 일은 아니다. 그러나 자신에게 주어진 여건을 사랑하지 않고서는 그 어떤 것도 사랑할 수 없음을 그는 이미 알고 있는 듯하다.

배상환 씨가 라스베가스에서 건강한 한인들을 만났듯이 이제는 우리가 이 책 속에서 배상환 씨를 만날 때이다.

제IV부

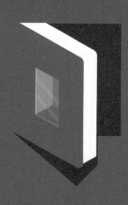

곡
집

1. 한국가요합창곡집

- 편곡집, 삼호출판사, 1987. 10. 10.

일흔 살 스무 권, 서문과 발문

서문

합창을 지휘해 오면서 겪는 큰 어려움 중의 하나가 선곡의 문제다.

중세 종교음악으로부터 현대 합창곡에 이르기까지 다양한 합창곡들이 연주되고 있지만 일반 청중이나 합창단원들까지도 무대가 아닌 곳에서 부르는 노래는 대부분 대중가요다. 이런 상황에서 '대중가요를 연주회용 합창곡으로 옮길 수는 없을까?' 하는 생각이 이 책이 세상에 나오게 된 직접적인 동기가 되었다.

우리의 대중가요를 순수음악과 비교해 볼 때 음악의 여러 기본 요소 가운데 가장 부족한 것이 화성적인 면이라고 생각한다. 물론 대중가요 자체가 대부분 단선율로 작곡되어 있어 직접적인 화음 현상이 일어나지 않고 반주나 선율선에 사용된 화음 또한 비교적 단순하다.

혼성 4부 합창으로 표현되는 이 가요 합창곡들은 가요의 특징이라고도 할 수 있는 즉흥성이나 임의성은 이미 배제되어 있다. 성악적 발성과 동일한 감정, 통일된 음색으로 연주해야 한 차원 높은 클래식 가요

합창을 할 수 있다.

　편곡 과정에서 느낀 것 중의 하나가 우리 가요가 참 아름답다는 것인데, 순수음악과 대중음악이 격이 다른 음악쯤으로 생각하는 우리의 생각을 바꿀 때 우리는 진정 아름다운 가요를 즐길 수 있을 것이다.

　빠르기말과 셈여림표의 표기를 생략한 것은 합창단 형편에 따라 각기 다른 해석도 가능하다는 의미에서 그리했고 코드 네임을 표기한 것은 무대가 아닌 어떤 장소에서든지 기타 반주만으로도 쉽게 합창할 수 있게 하기 위함이다.

　가요 합창 보급에 앞장서고 있는 내가 지휘(1983년~현재)하는 서울 YMCA 대학 CHORUS의 모든 단원에게 감사와 사랑을 전하고 한국 최초 출판되는 이 가요합창곡집으로 인해 아름다운 가요가 더 아름답게, 더 많이 불러질 것을 기대한다.

1987년 가을
편곡자 배상환

2. 칸타타 십자가로부터

- 작곡집, 호산나음악사, 1990. 1. 10.

서문

이 칸타타는 서울 신당중앙교회 창립 40주년(1985. 12.)을 기념하기 위해 작곡되었으며 가사는 신당중앙교회 하연수 장로가 썼다.

칸타타는 제1곡 〈간구〉, 제2곡 〈축복〉, 제3곡 〈감사〉, 제4곡 〈교회〉로 구성되어 있다.

제1곡 〈간구〉는 일제 강점기의 억압통치 아래에서 고통받는 우리 민족의 아픔과 자유와 구원을 노래한다.

가사 "주여, 주여" 부분은 노래라고 하기보다는 각 파트가 시차를 달리하는 기도문이며 여성 파트의 "불쌍히 여기소서"와 남성 파트의 "자유를 주옵소서"는 매우 단순한 리듬과 선율로 되어 있다. 이것은 인간이 극한 상황에 처할 때 복잡하고 화려한 이론을 내세워 구원을 바라기보다 지극히 단순한 몸짓과 언어로 간구하기 때문이다. 표현에 지장이 없는 쉼표는 표기를 생략했다.

일혼 살 스무 권, 서문과 발문

제2곡 〈축복〉은 해방과 함께 교회를 세우고 자유롭게 신앙생활을 할 수 있게 해주신 하나님의 은혜와 축복에 대한 기쁨의 노래다.

5음 음계와 전통적 장단을 사용한 민요풍의 노래인데 대체로 '메기고'(독창 혹은 한 파트), '받고'(제창 혹은 합창)의 형식으로 되어 있다.

이 곡은 따로 떼어 광복절 등 기념 예배 시 찬양할 수 있다.

제3곡 〈감사〉는 주선율을 어느 한 파트에 두지 않고 각 파트가 모두 선율을 나누어서 부르고 있는데 이것은 교인 한 사람, 한 사람이 각자의 위치와 직분을 잘 지켜나갈 때 교회가 그 사명을 충실히 감당할 수 있다는 의미다.

전반부가 대위법적으로 구성되어 있지만 복음악이라기보다는 선율을 주고받는 단순한 대화 형식의 곡이므로 화성적인 표현에도 주의를 기울여야 한다. 도돌이표에 의해 반복되는 부분은 반복 시 4중창으로 불러도 좋다.

제4곡 〈교회〉는 시련과 역경 가운데 세워진 교회의 의미와 사명을 나타내고 있다. 합창곡이라기보다는 의식의 노래 같은 성격을 띠고 있어 앞 곡들에 비해 음악적으로 단순하다. 그 이유는 칸타타 연주 중에 이 곡을 전 교인이 함께 부를 수 있게 하기 위함이다.

교회가가 없는 대부분의 교회에서는 교회창립 주일 때 이 곡만 따로 떼어 부르는 것도 가능하다. 가사가 (○○)으로 되어 있는 부분에 개별

교회의 이름을 넣어 부르면 된다.

  창립기념일을 맞는 이 땅의 모든 교회 위에 하나님의 큰 은혜와 기쁨
과 평강이 넘치길 기원한다.

1990년 1월

작곡자 배상환

　　　　　　　　　일흔 살 스무 권, 서문과 발문

3. 칸타타 주님께서 세운 교회

- 작곡집, CHORAL21, 2017. 7. 20.

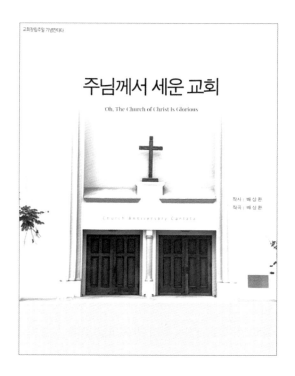

서문

이 곡은 1985년 서울 신당중앙교회 창립 40주년을 기념하기 위해 작곡되었으며 1990년 호산나음악사에서 제목 '칸타타 〈십자가로부터〉'로 출판되었다가 2017년 7월 일부 악보를 수정하여 교회음악 출판사 CHORAL21에서 재출판됐다.

네 곡으로 구성된 이 곡은 연주 시간 15분가량의 비교적 짧은 칸타타로 교회창립기념 예배 중 사용이 가능하며 곡마다 성격이 매우 다르므로 어느 곡을 생략하거나 한 곡만 따로 연주해도 무방하다.

제1곡 〈불쌍히 여기소서〉는 우리 민족의 아픔과 자유와 구원을 부르짖는 노래다. 첫 부분 "주여, 주여"는 노래라기보다 각 파트가 시차를 달리하는 기도문이며, 여성 파트의 "불쌍히 여기소서"와 남성 파트의 "자유를 주옵소서"가 서로 뒤섞인다. 선율과 리듬이 매우 단순하게 되어 있는 것은 인간이 극한 상황에 처할 때 복잡하고 화려한 언어로 구원을 바라기보다 가장 단순한 언어로 울부짖기 때문이다.

제2곡 〈에라디여〉는 우리 민족에게 교회를 세우게 하시고 또 그 교회를 통해 자유롭게 신앙생활을 할 수 있게 하신 하나님의 은혜에 대한 감사의 노래다.

곡은 5음 음계와 전통적 장단을 바탕으로 한 민요풍으로 이루어져 있으며, '에라디여'는 엄청난 축복을 받고 어찌할 줄 몰라 외치는 감사의 표현쯤으로 생각하면 되겠다.

제3곡 〈주님께서 세운 교회〉는 교회의 부흥이 기뻐 하나님께 드리는 감사의 노래다.

주선율이 각 파트에 골고루 나누어져 있는데 이것은 교회 내 각 지체가 자신의 역할에 충실할 때 교회가 건강해지는 것을 의미한다. 전반부가 대위법적으로 구성되어 있지만, 다성음악이라기보다는 선율을 주고받는 단순한 대화 형식의 곡이다.

제4곡 〈세상의 빛이 되는 교회〉는 시련과 역경 가운데 세워진 교회의 사명을 다짐하는 노래다. 이 곡은 매우 쉽고 단순해 전 교인이 약간의 연습만으로도 기념 예배 시 다 함께 부를 수 있다.

마지막 부분의 가사가 (○○○○)로 표기된 것은 괄호 속에 찬양하는 교회의 이름을 넣어 부르기 위함이다. 교회 이름의 글자 수에 따라 리듬을 맞춰 조절할 수 있다.

교회창립을 기념하는 이 땅의 모든 교회 위에 하나님의 은총이 넘치

길 기도한다.

2017년 7월

미국 라스베가스에서 배상환

배상환의 라스베가스 문화 활동

＊단체 설립

- 라스베가스 서울문화원(2001. 1. 4.~현재)
- 라스베가스 서울합창단(1998. 9. 21.~2012. 5.)
- 라스베가스 힐링콰이어(2013. 6. 25.~현재)

라스베가스 서울문화원(Las Vegas Seoul Cultural Center)

본 문화원은 2001년 1월 4일 라스베가스 한인들의 건전한 문화 활동을 위해 배상환(시인, 음악평론가) 개인에 의해 설립되어 운영되는 네바다주 정부 등록 비영리단체(non-profit organizatio)입니다.

| 활동 내용 |

1. 문학 특강

1) 나의 시 세계와 문화 인식(강사 배상환 1999. 5. 17.)

2) 천상병 시인의 삶과 문학(강사 배상환 2002. 1. 28.)

3) 이민 생활과 문학의 힘(강사 송상옥 2002. 4. 30.)

4) 여름밤에 만나는 황진이(강사 배상환 2002. 7. 29.)

5) 윤동주의 삶과 문학(강사 배상환 2002. 10. 24.)

6) 수녀 이해인의 시와 삶(강사 최리사 2003. 2. 25.)

7) 탄생 90주년 윤동주 시 낭송회(해설 배상환 2007. 12. 10.)

8) 윤동주 문학 특강(강사 임헌영, 유성호 2008. 7. 21.)

9) 윤동주 탄생 100주년 기념 시 낭송회(2017. 12. 5.)

10) 노산 이은상 시조와 가곡의 밤(2018. 3. 13.)

2. 초청 음악회

1) 유지연 피아노 독주회(2002. 9. 16.)

2) 김복현 바이올린 독주회(2003. 7. 14.)

3) 한·중·일 합동, 성가와 오페라 아리아 연주회(2004. 3. 30.)

4) 홍세라 첼로 독주회(2006. 1. 21.)

5) 박인수 테너 독창회(2007. 2. 17.)

6) 배성균 찬양 콘서트(2007. 3. 13.)

7) 계봉원 테너 독창회(2007. 6. 11.)

8) 신소연 피아노 독주회(2007. 7. 30.)

9) 한국 교수성가단 연주회(2008. 4. 21. 목사회 공동주최)

10) 소프라노 허미경·허미정 듀오 리사이틀(2009. 2. 19.)

11) 6인 성악가 연주회(2009. 7. 14.)

12) 지윤자(가야금), 이병상(대금) 국악 연주회(2010. 4. 19.)

13) 노형건 가스펠 토크 콘서트(2010. 5. 22.)

14) 김영석 테너 독창회(2010. 6. 14.)

15) 신은령 바이올린 독주회(2011. 6. 13.)

16) 오신정 플루트 독주회(2011. 7. 5.)

17) 류충기 테너 독창회(2011. 8. 11.)

18) 주선영 피아노 독주회(2012. 4. 16.)

3. 오페라 감상회

1) 〈나비부인〉(2003. 10.)

2) 〈토스카〉(2003. 11.)

3) 〈라보엠〉(2003. 12.)

4) 〈투란도트〉(2004. 1.)

5) 〈카르멘〉(2004. 2.)

6) 〈라트라비아타〉(2004. 3.)

7) 〈리골레토〉(2004. 4.)

8) 〈아이다〉(2004. 5.)

9) 〈요술피리〉(2004. 6.)

10) 오페라 아리아 하이라이트(2004. 7.)

11) 〈토스카〉(2007. 1.)

12) 〈라트라비아타〉(2007. 2.)

13) 〈오셀로〉(2007. 3.)

14) 〈피델리오〉(2007. 4.)

15) 오페라 아리아 하이라이트(2007. 5.)

4. 초청 연극공연

1) LA 극단 'Home'의 〈품바〉(2001. 6. 1. 라스베가스 한인회 공동주최)

5. 셰익스피어 연극축제(Cedar City, UT) 교민 단체관람

1) 〈맥베드〉(2004. 10. 25.)

2) 〈All's Well That Ends Well〉(2005. 10 17.)

3) 〈베니스의 상인〉(2006. 10. 14.)

4) 〈폭풍〉(2007. 9. 25.)

5) 〈Moonlight And Magnolias〉(2008. 9. 27.)

6. 한국 영화 라스베가스 무료 감상회

1) 〈라디오 스타〉(2008. 4. 17. LA 한국문화원 후원)

2) 〈멋진 하루〉(2010. 10. 25. LA 한국문화원 후원)

3) 〈웰컴 투 동막골〉(2010. 12. 13.)

7. 강좌 개설

1) 찬양 학교(2001. 1. 10.~31.)

　주 1회 2시간, 4주 과정, 8과목(교회 음악사, 찬송가 개론 등)

2) 시민 대학(2011. 4. 5.~26.)

　주 1회 2시간, 4주 과정, 4과목(스트레스 해법, 사진 예술 등)

3) 문화 특강(2012. 10. 23.~2013. 6. 25. 총 33회 실시)

　'화요 시 하나, 곡 하나'(한 시인의 생애와 작품 소개 및 가곡 부르기)

4) 문화 특강(2023. 1. 17.~2023. 6. 24. 총 23회 실시)

　'목요 시 하나 곡 하나'(한 시인의 생애와 작품 소개 및 가곡 부르기)

8. 집필

1) 주간 〈코리아 포스트〉'오늘의 컬럼'(2003. 9.~2005. 5. 총 82회)

2) 주간 〈라스베가스 타임스〉'배상환 컬럼'(2006. 8.~2007. 12. 총 64회)

3) 격주간 〈Living & Korea〉'배상환이 만난 사람'(2009. 4.~2010. 2. 총 20회)

4) 주간 〈라스베가스 타임스〉'편집장 컬럼'(2011. 6.~2013. 1. 총 72회)

5) 주간 〈베가스 한미뉴스〉'편집장 컬럼'(2013. 11.~2018. 6. 총 220회)

9. 수상

1) 감사장(라스베가스 한인회 2006. 2. 14.)

2) 감사장(LA한국문화원 2008. 6. 7.)

3) 감사장(로스앤젤레스 대한민국 총영사 2011. 1. 5.)

4) Certificate of Commendation(미연방상원의원 Harry Reid 2015. 12. 8.)

5) Certificate of Recognition(네바다 주지사 Brian Sandoval 2015. 12. 8.)

6) Senatorial Recognition(미연방상원의원 Dean Heller 2015. 12. 8.)

7) Certificate of Commendation(미연방하원의원 Dina Titus 2017. 12. 19.)

8) Certificate of Recognition(미연방하원의원 Ruben J. Kihuen 2017. 12. 19.)

9) Certificate of Recognition(미연방하원의원 Jacky Rosen 2017. 12. 19.)

10) The President's Volunteer Service Award(Gold)(미국 대통령 Joe Biden 2021)

11) Certificate of Recognition(네바다 주지사 Joe Lombardo 2023. 10. 4.)

10. 타민족과의 문화 교류

1) Las Vegas Chinese Christian Church Choir 지도(2001. 9~2020. 1.)

2) Las Vegas Japanese Community Church Choir 지도(2002. 3.~2023. 11.)

11. 기타 문화행사 개최

1) 가을맞이 '애창 한국 가곡 10곡' 함께 부르기(2001. 10. 15.)

2) 가을맞이 '애창 고향의 노래 10곡' 함께 부르기(2002. 9. 30.)

3) 특강 '한반도의 평화와 주변정세'(강사 안광찬 2003. 7. 14.)

4) 권려성 춤 70년 〈다시 나비가 되어〉 특별무용공연 기획(2004. 12. 21.)

5) 김성자 시인 《라스베가스에 핀 상사화》 출판기념회 주관(2005. 2. 1.)

6) 라스베가스 한인 노래자랑대회 기획 및 주관(2005. 4. 12. 주최 한인회)

7) 가을맞이 '한국 시와 가곡 대잔치'(2006. 10. 2.)

8) 한국전쟁 참전 기념 동상 제막식 교민 단체참가(Cedar City, UT 2008. 9. 27.)

9) '한국 문화의 날' 초청 합창연주(Cedar City, UT 2009. 9. 28.)

10) 추석맞이 유학생 50인 런치 초대(2009. 10. 3.)

11) 메트로폴리탄 오페라 〈토스카〉 위성실황 교민 단체관람(2009. 10. 10.)

12) 라스베가스 한인 도서실 오픈(2009. 11. 13.~2013. 8.)

13) 전중현 목사 저 《생활 속의 믿음》 출판기념회 주관(2010. 5. 25.)

14) 배상환 시선집 《개들이 사는 나라》 LA 출판기념 사인회(2010. 7. 26.)

15) 배상환 컬럼집 《그리운 곳은 멀고 머문 곳은 낯설다》 출판기념회 (2013. 1. 5.)

16) 애플밸리 아델라 농장 방문 '시와 노래 잔치' 주관(2013. 3. 19.)

17) 모차르트 작곡 〈대관식 미사〉 전곡 연주(휄로쉽교회 2014. 11. 1.)

18) '가을 타는 당신을 위한 시와 노래의 밤' 개최(2014. 11. 21.)

19) 드보아 작곡 칸타타 〈십자가상의 칠언〉 전곡 연주(휄로쉽 2015. 4. 5.)

20) 배상환 컬럼집 《라스베가스의 불빛은 아직도 어둡다》 출판기념회 (2015. 9. 29.)

21) '윤동주 탄생 100주년 기념 시 낭송회'(2017. 12. 5.)

22) '노산 이은상 시와 가곡의 밤'(2018. 3. 13.)

일혼 살 스무 권, 서문과 발문

23) 정상진 산문집 《투어 에피소드》, 배상환 칼럼집 《라스베가스가 다섯 시면 서울은 몇 시죠?》 출판기념회(2018. 12. 5.)

24) 배상환 칼럼집 《라스베가스 사랑》 출판기념회(2019. 12. 15.)

25) '봄을 타는 당신을 위한 시와 가곡의 밤'(2020. 3. 16.)

26) 배상환 시집 《따로국밥도 끝에는 말아서 먹는다》 출판기념회(2020. 11. 14.)

27) '코로나로 지친 친구여! 그리운 노래 21곡 다 함께 부르기'(2021. 6. 22.)

28) 박경신 산문집 《길에서 길을 묻는다》 출판기념회(2022. 1. 26.)

29) 라스베가스 한인이 펴낸 책 전시회(2022. 3. 26.)

30) '시, 가곡 그리고 찬양 축제' 캘리포니아주 몬트레이(2022. 8. 16.)

12. 100인 연합 성가 합창연주회 개최

매년 11월 두 번째 화요일 라스베가스에서 열리는 연합 합창연주회

- 제1회 100인 연합 성가 합창연주회(2016. 11. 15.)

  주제 : '여호와는 위대하다'

  출연 : 100인 연합 성가단, 남가주 장로중창단

- 제2회 100인 연합 성가 합창연주회(2017. 11. 14.)

  주제 : '내 주여 뜻대로'

  출연 : 100인 연합 성가단, LA 소노로스 싱어스

- 제3회 100인 연합 성가 합창연주회(2018. 11. 13.)

주제 : '참 아름다워라'

출연 : 100인 연합 성가단, 남가주 연세콰이어, 애리조나 크리스천 콰
이어

- 제4회 100인 연합 성가 합창연주회(2019. 11. 12.)

주제 : '여호와는 나의 목자시니'

출연 : 100인 연합 성가단, 남가주 배재코랄, 베가스 중국교회 콰이어

- 제5회 100인 연합 성가 합창연주회(2021. 11. 9.)

주제 : '축복의 노래'

출연 : 100인 연합 성가단, 남가주 메시아 솔리스트 앙상블

- 제6회 100인 연합 성가 합창연주회(2022. 11. 8.)

주제 : '아름다운 세상, 아름다운 예수'

출연 : 100인 연합 성가단, 남가주 레위성가단

- 제7회 100인 연합 성가 합창연주회(2023. 11. 14.)

주제 : '우리의 기쁨이 되시는 예수'

출연 : 100인 연합 성가단, 산호세 만남중창단

일혼 살 스무 권, 서문과 발문

라스베가스 서울합창단(Las Vegas Seoul Choir)

1998년 9월 21일 지휘자 배상환에 의해 창단된 라스베가스 한인 커뮤니티 합창단.

| 정기연주회 일지 |

- 창단연주회 '한인 청소년 현악앙상블' 특별출연(1998. 12. 20.)
- 제2회 정기연주회 〈가정상담소 창립 2주년 초청연주회〉(1999. 5. 8.)
- 제3회 정기연주회 'Radiant Faces Gospel Choir' 특별출연(1999. 12. 7.)
- 제4회 정기연주회 'Chinese Church Choir' 특별출연(2000. 5. 30.)
- 제5회 정기연주회 'LA 레이디 싱어즈', '소노로스' 특별출연(2000. 12. 12.)
- 제6회 정기연주회 〈한국 동요축제 및 '대관식 미사' 전곡 연주회〉 (2001. 5. 22.)
- 제7회 정기연주회 〈한국가곡 합창연주회〉(2001. 12. 18.)
- 제8회 정기연주회 〈최덕신 작곡 '증인들의 고백' 전곡 연주회〉(2002. 6. 4.)
- 제9회 정기연주회 〈사랑 노래 및 크리스마스 캐롤의 밤〉(2002. 12. 10.)
- 제10회 정기연주회 '라스베가스 경로대학 합창반' 특별출연(2003. 6. 9.)
- 제11회 정기연주회(지휘 김남선) 'LA 장로중창단' 특별출연(2003. 12. 1.)
- 제12회 정기연주회(지휘 김남선) 남성중창단 'Laseoulas' 특별출연

(2004. 5. 31.)

- 제13회 정기연주회 〈농부의 마음〉 중국인 성악가 Yan Li 특별출연 (2004. 11. 30.)

- 제14회 정기연주회 〈한국가요 합창연주회〉 가수 '장현' 특별출연(2005. 5. 2.)

- 제15회 정기연주회 고 김생려 선생 10주기 추모음악회 〈'메시아' 연주회〉(2005. 12. 19.)

- 제16회 정기연주회 〈모차르트 미사곡 페스티발〉(2006. 5. 22.)

- 제17회 정기연주회(지휘 김영일, 배상환) 〈'독일 미사' 연주회〉(2006. 12. 4.)

- 제18회 정기연주회 〈최덕신 작곡 성가의 밤〉(2007. 12. 3.)

- 제19회 정기연주회 〈창단 10주년 기념 연주회〉(2008. 7. 7.)

- 제20회 정기연주회 〈칠공팔공 한국가요 음악회〉(2008. 12. 15.)

- 제21회 정기연주회 〈권길상 작곡 동요 및 성가 연주회〉(2009. 5. 4.)

- 제22회 정기연주회 〈'예수 노래' 대잔치〉 CTS TV 2회 방송(2009. 12. 7.)

- 제23회 정기연주회 〈'가고파에서 보리피리까지' 한국가곡 합창연주회〉(2010. 6. 14.)

- 제24회 정기연주회 〈'시편 23편' 성가 합창연주회〉(2011. 6. 13.)

- 제25회 정기연주회 〈라스트 콘서트〉(2011. 12. 5.)

라스베가스 힐링콰이어(Las Vegas Healing Choir)

2013년 6월 25일 지휘자 배상환에 의해 창단된 라스베가스 한인 커뮤니티 합창단.

| 연주 활동 내용 |

- 정기연주회(8회)
- Siena Senior Community 초청연주회(3회)
- CA 빅토밸리 감사한인교회 초청연주회(2013. 11. 12.)
- Boulder City Senior Center 초청연주회(2회)
- Boulder City Crystal Church 초청연주회(2018. 12. 12.)
- 윤학원코랄 라스베가스 연주회 출연(2014. 8. 25.)
- 소프라노 임영숙 독창회 출연(2016. 3. 1.)
- LA 장로성가단 라스베가스 연주회 출연(2018. 2. 25.)
- 한국 대학합창단 라스베가스 연주회 출연(2019. 2. 6.)
- 순복음교회 구정맞이 경로잔치 출연(6회)
- 휄로쉽교회 주최 부활절 음악회 출연(3회)
- 한중 크리스마스 합창 페스티벌 출연(3회)
- 재향군인회 주최 메모리얼 데이 기념행사 출연(5회)
- '한여름 밤의 찬양축제' 출연(2014. 7. 21.)

- '가을 타는 당신을 위한 시와 노래의 밤' 출연(2014. 11. 11.)

- 한인회 주최 광복 70주년 기념음악회 출연(2015. 8. 11.)

- '그리운 노래 21곡 다 같이 부르기' 출연(2021. 6. 21.)

- '부활의 노래' 연주회 출연(2023. 5. 7.)

- St. Rose Dominican Hospital 방문 연주(9회)

- Clark Senior Apartment, 크리스마스 방문 연주(6회)

- New Life Adult Day Health Care 방문 연주(8회)

- Vegas Adult Day Care 방문 연주(5회)

- Almost Home Adult Day Care 방문 연주(4회)

- Silver Ridge Health Care Center 방문 연주(2회)

- Aegis Living of Las Vegas 방문 연주(2회)

- Atria Senior Living 방문 연주

- Royal Springs Healthcare and Rehab 방문 연주

- Mountain View Hospital 방문 연주(2024. 3. 5.)

(기록일 2024. 6. 25.)